Las jaurías

Las jaurías

Alberto Gil

Rocaeditorial

Novela ganadora del Premio Internacional de Novela Negra L'H Confidencial en su decimocuarta edición. Premio coorganizado por el Ayuntamiento de L'Hospitalet.

© 2020, Alberto Gil

Primera edición: noviembre de 2020

© de esta edición: 2020, Roca Editorial de Libros, S. L.
Av. Marquès de l'Argentera 17, pral.
08003 Barcelona
actualidad@rocaeditorial.com
www.rocalibros.com

Impreso por EGEDSA

ISBN: 978-84-17968-19-9
Depósito legal: B. 18271-2020
Código IBIC: FF; FH

RE68199

A Joaquina

Não vejo terras de Espanha e areias de Portugal.
Vejo sete espadas nuas que vêm para vos matar.

Fragmento de *A Nau Catrineta,*
del romancero popular portugués

1

*F*iel a la rutina que se ha impuesto desde su despido, Abel Castro empieza por prepararse un café bien cargado. Camina descalzo por la cocina y se dirige al baño dando sorbitos. Sus pasos ni siquiera son un rumor en el silencio de la casa y a medida que sus músculos se desentumecen, comienza a sentir el tacto helado de las baldosas y el frío le sacude el cerebro abotargado por el insomnio. La noche ha sido larga y plomiza. Solo han pasado diez minutos desde que el despertador lanzara su graznido habitual, él lo callara de un manotazo y remoloneara dudando si a su edad sigue obligado a levantarse como si fuera a trabajar.

Ya en su mesa, enciende el ordenador, mira el correo electrónico esperando un milagro imposible y echa un vistazo a las ediciones digitales de la prensa extranjera, *The Guardian*, *Le Monde Diplomatique* y algún periódico portugués. Busca pronósticos o simples comentarios sobre la situación en España. Son escasos, pero le merecen más crédito que la prensa madrileña.

A las diez se prepara otro café, este doblemente cargado, sale de su casa en Manuela Malasaña y baja hacia la plaza del Dos de Mayo. Sobre el adoquinado de la calle San Andrés hay restos de botellas rotas, cagadas de perro y un amasijo gris de plumas aplastadas. Alguna vez debió ser una paloma.

En el trayecto evita la entrada del *parking*, donde se suele concentrar el olor a orín. La maniobra no le sirve de mucho. Es lunes y, tras un par de días sin servicios de limpieza, la pestilencia le llega desde la otra acera. Así que aprieta el paso atisbando de refilón una pintada en grandes letras rojas: «Siempre perdiendo, jamás vencidos».

Es la obra de un grafitero de fin de semana. El sábado no estaba, seguro. Se habría fijado en esas palabras que podrían ser suyas salvo por dos detalles: él nunca las escribiría en una pared y denotan un sentido de la épica que mantiene a duras penas.

A los sesenta y tres años, Abel se siente en caída libre. Un sentimiento agudizado desde que un ERE en el periódico lo dejó en la calle junto a un centenar de trabajadores de la plantilla. Redactores experimentados, editores, administrativos y fotógrafos. Gente curtida, pero poco familiarizada con «las nuevas exigencias tecnológicas», en palabras de la empresa, que los reemplazó por una cuadrilla de blogueros, becarios y *community managers* dispuestos a trabajar desde casa. «Los accionistas exigen sangre fresca», justificó el director.

Antes de llegar a la plaza del Dos de Mayo, un nuevo olor reclama su atención. Viene de la calle Fuencarral, donde un grupo de bomberos se afana con los restos humeantes de un contenedor de papel. Alguien lo habrá incendiado esta noche.

Como un armazón metálico en una casa agrietada, Abel se ha construido un andamiaje de pautas, horarios, incluso trayectos y paradas fijas, que se ha transformado en un corsé de manías muy estrictas. Se asoma a la plaza, se acerca al quiosco y observa las portadas de los diarios ante la indiferencia del quiosquero, que hace tiempo lo ha descartado como cliente. La vista de los titulares —previsibles y apocalípticos— evoca el papel ardiendo en el contenedor y Abel sonríe ante esa inconfesable asociación de ideas.

En los cien metros que lo separan del Pepe Botella, todavía le falta cumplir un par de ritos: comprar un paquete de Coronas y, al salir del estanco, intercambiar un leve saludo con un indigente alto y con aire de profeta enajenado que ha fijado su hogar en un banco de la plaza.

Después ya solo le queda entrar en el Pepe Botella y ocupar su mesa junto a un ventanal. A esas horas siempre la encuentra vacía, como si el destino se la reservara hace tiempo. Así que nadie le discutirá su derecho a ese rincón donde pasará buena parte de la mañana acompañado de un simple café, un vaso de agua y un pequeño bloc. Un cuadernillo negro que se cierra con una goma y de los que ha comprado media docena en el Tiger más próximo.

De cuando en cuando, las hojas de color hueso se van llenando de anotaciones y borradores de artículos. Son textos que escribe para sí mismo —puñetazos en el vacío—, a los que ha bautizado con un título sarcástico: «El Gran Tema de Hoy».

Sin darle tiempo a abrir su cuaderno, Arancha se acerca a la mesa con el café ya listo, el vaso de agua y la pregunta de costumbre.

—Buenos días, ¿alguna novedad?

Abel improvisa una respuesta que no suene demasiado protocolaria:

—He quedado a comer con mi hijo. Parece que tiene algo que contarme.

—Espero que sea bueno, ya andamos sobrados de malas noticias.

—No me hago muchas ilusiones.

—También andamos sobrados de pesimismo, así que anima esa cara.

Abel se limita a arquear las cejas.

—Suerte, y dale un beso a Gonzalo de mi parte —se despide Arancha desviando la mirada hacia un cuarentón que entra con el *20 Minutos* bajo el brazo.

El recién llegado les dirige un gesto de saludo, la encargada vuelve a la barra y Abel remueve el café, como si removiera su propia desazón ante la cita.

Su hijo le telefoneó la noche anterior, muy tarde, y Abel percibió un leve temblor en su voz, como si llevara todo el fin de semana aplazando esa llamada. Le duele intuir que, a sus veintiocho años, a Gonzalo todavía le cuesta sincerarse, y que eso anticipa algo que no le va a gustar.

Gonzalo llevaba años buscando trabajo de economista, después de una carrera meteórica, y hasta hace poco solo había tenido ofertas de empleos basura. Tres o cuatro horas a la semana por un salario de miseria.

Abel lo presionó para que aguantase y trató de convencerle de que la situación económica tenía que mejorar. Algo que no se creía ni él mismo. Incluso le consiguió un pequeño enchufe en el periódico. Una colaboración sobre negocios con futuro, que estuvo a punto de mandar a la mierda tras el despido de su padre. Abel le pidió que no lo hiciera. Seiscientos euros al mes es un pellizco y el patio no está para heroicidades.

Además, siempre ha preferido tenerlo cerca. Desde que lo despidieron se ven a menudo y eso ha convertido a Gonzalo en su único interlocutor. Y para alguien tan poco comunicativo, las charlas con su hijo alivian su creciente aislamiento y de paso lo mantienen al tanto sobre la marcha del periódico.

Fuera, la plaza empieza a cobrar vida. Algunos vecinos salen con la compra del supermercado cercano y sobre la acera se van instalando los puestos habituales. Libros de viejo, discos usados y trastos de todo tipo.

Abel se toma su tiempo en mirar cómo los vendedores descargan la mercancía de las furgonetas y la colocan con la resignada tenacidad de todos los días. La misma con la que él los observa desde el ventanal.

A lo largo de la mañana solo les comprarán tres o cuatro cosas, pero ahí están, inmutables, como las esculturas humanas de la Puerta del Sol. Igual que él, en su eterno rincón y junto a un antiguo espejo que le devuelve su imagen descascarillada. En realidad, nada lo separa de ellos. Ni siquiera ese ventanal, que en días como hoy permanece abierto de par en par. Todos están a la intemperie.

Abel regresa al último sorbo de su café, casi frío, y abre el bloc. Ya tiene título para su tema para hoy: «El misterio de las estatuas». Esa ingente multitud que sigue en pie y que, como los dueños de los tenderetes, parece soportar estoicamente el calor, la lluvia y, lo peor de todo, esa cascada maloliente de noticias sobre filtraciones policiales, políticos corruptos, empresas que cierran, declaraciones tóxicas y nostálgicos de la dictadura.

A punto de ponerse a escribir, un alarido le hace levantar la cabeza. Es el indigente con aspecto de profeta enajenado, que parece bramar en un idioma incomprensible.

2

Algunas horas más tarde ha llegado el momento de acudir a la comida con Gonzalo y dejar la mesa libre. Un ventanal del Pepe Botella es una pieza cotizada, así que alguien la ocupa de inmediato en cuanto Abel paga el café, añade la propina de rigor y se despide de Arancha, que le responde con un «Que tengas un buen día» más animoso de lo habitual.

La cita es muy cerca, en El Chaparro, su restaurante de siempre, y en cinco minutos está entrando en el comedor, donde ya lo espera Gonzalo. No hay nadie más pero el televisor clama a todo volumen.

Gonzalo está atento a la pantalla y tarda en darse cuenta de su presencia. Cuando lo ve, se levanta precipitadamente, reacciona con una sonrisa algo forzada mientras le da dos besos y señala al televisor, donde siguen el juicio a un grupo de empresarios marrulleros, sentados en el banquillo. Acto seguido aparecen los mismos personajes en imágenes de archivo, presidiendo alguna asamblea de accionistas. Tipos que se mueven con aplomo.

—Nuestros ciudadanos ejemplares —dice mientras se sienta frente a su hijo.

—Los que nos pedían que nos apretáramos el cinturón.

Abel repara en que en la mesa hay una cerveza a medio terminar y cuatro o cinco bolas de miga de pan.

—Imagino que no me has llamado para ponerme al corriente sobre la ética de nuestros grandes empresarios.

—No, claro —sonríe Gonzalo—, son buenas noticias. Si te parece, pedimos y te cuento. Y déjame que esta vez invite yo.

Abel echa un vistazo rápido a la carta que el camarero de costumbre acaba de dejar en sus manos.

—Comeremos lo de siempre, así que nos podemos ahorrar los preámbulos: croquetas, alitas de pollo y champiñón al ajillo.

—¿Y para beber? —pregunta el camarero casi por cubrir el expediente.

—Dos Mahous muy frías —decide Gonzalo.

El camarero vuelve a la barra y Abel observa atentamente a su hijo. Todavía le sorprende que ese muchacho corpulento, de frente despejada y expresión inocente tenga algo que ver con él, más bien flaco, nervudo y lleno de resabios. Tampoco sus miradas se parecen. Los ojos de Gonzalo son de un verde impreciso, limpios y reflexivos. Como los de su madre. Los de Abel son oscuros y, pese al desgaste de los años, mantienen el hábito de escudriñar a quien se ponga delante. Como en ese preciso momento.

—¿Y bien?

—Hay dos novedades. —Gonzalo evita su mirada—. Una te incumbe directamente y la otra es que he recibido una oferta de trabajo.

Abel reordena sus cubiertos.

—Para empezar, no quiero que te lo tomes a mal —prosigue Gonzalo.

—No me vuelvas loco. Has dicho que eran buenas noticias.

El camarero llega con las cervezas y Gonzalo espera a que se vaya.

—El jueves estuve en el periódico y pillé al vuelo una conversación entre Marcos Jiménez, el nuevo redactor jefe de Internacional, y Catarina Chagas, una portuguesa que hace colaboraciones. Ella estaba proponiendo un reportaje sobre La Raya en la zona de Badajoz y salió a colación el asesinato del general Humberto Delgado. Lo que pasó realmente.

—¿Lo que pasó realmente? —En boca de Abel, la pregunta suena mordaz.

—Les dije que habías trabajado a fondo en el caso, que en Lisboa cubriste el juicio a los asesinos y tienes mucha información. Supuse que tratándose de un crimen cometido en España en pleno franquismo te gustaría participar.

Abel echa su primer trago.

—Es un asunto muy trillado. Y creo que a los lectores no les va a interesar lo más mínimo algo que sucedió en los años sesenta.

Gonzalo tuerce el gesto.

—A Marcos le gustó la idea. Dijo que un crimen político sin aclarar nunca pasa de moda.

—No creo que pueda aportar nada nuevo a estas alturas.

—¡¡Venga, papá!! Siempre has dicho que quedaron infinidad de cabos sueltos. Puede que sea el momento de despejar dudas. Ahora es más fácil consultar los archivos.

—No estoy seguro. Con la Ley de Secretos Oficiales han conseguido blindar el pasado. De momento, la mayoría de los documentos siguen clasificados. Y en eso parece que todos los grandes partidos están de acuerdo.

—Al menos podrías intentarlo —continúa Gonzalo visiblemente incómodo—, sería más útil que esos artículos que ni siquiera te molestas en publicar en Internet. Intento sacarte de tu encierro, pero empieza a ser un poco frustrante.

19

Abel vuelve a juguetear con los cubiertos y tarda en romper su silencio:

—¿En qué quedó la conversación?

—Marcos me aseguró que estaría encantado de que te implicaras, que eres una leyenda en el periódico. Te puso por las nubes.

—Sus jefes también, para que me hiciera más daño al caer. ¿Y ella qué dijo?

—A Catarina se le iluminó la cara, me dijo que le gustaría hablar contigo. Es lista. Seguro que te cae bien. Tiene mi edad, y de niña también vivió en Lisboa. Ya hemos compartido recuerdos de aquellos años. Su familia lo pasó muy mal con Salazar, su abuelo murió en la cárcel y a su padre lo detuvieron varias veces. Enseñaba Historia en la Universidad de Lisboa. Murió hace pocos años y Catarina dice que se llevó muchos secretos a la tumba.

—¿Qué hace en el periódico?

—Un blog de fotografía. Tiene un montón de seguidores en la edición digital.

Abel arquea las cejas.

—¿Un blog de fotografía?

—Hace fotos de las frases que ve en la calle, pintadas y carteles de todo tipo sobre temas de actualidad. Lo ha titulado «Señales de vida inteligente». Catarina tiene un sentido del humor especial. Os entenderíais.

A Abel se le viene a la cabeza la pintada que ha visto al salir de casa, pero cambia de tercio.

—Te veo muy interesado por la fotógrafa.

Gonzalo esquiva la mirada de su padre.

—No es el mejor momento. De eso también quería hablarte, pero antes prométeme que te pensarás lo de Humberto Delgado.

El camarero llega con las fuentes y Abel parece aliviado por no tener que contestar mientras hace sitio a las

20

raciones y comienza por servirse una croqueta. Está muy caliente y la deja enfriar en el plato.

—¿Y qué es lo otro?

Gonzalo trocea una alita de pollo con los dedos.

—Tengo una oferta muy interesante como asesor económico de una oenegé. Estaré un par de meses a prueba, pero ofrecen un buen sueldo, un contrato de dos años prorrogables y la posibilidad de viajar. No puedo rechazarla.

—¿Por qué ibas a rechazarla?

—Es en Mozambique y apenas podré venir. La oenegé está en Maputo y me tocará viajar por todo el país, negociar con las autoridades locales y conseguir financiación para los proyectos. Necesitan a alguien que hable portugués, y me parece un momento perfecto para cambiar de aires.

—Suena interesante. —Abel trata de que su voz no lo delate—. Al final, los años en Lisboa te van a servir de algo.

Con un nudo en la garganta, echa un nuevo trago y aguanta la mirada de Gonzalo. Y sus recuerdos parecen llevarlo a esa azotea desde la que podían ver los barcos entrando en el estuario del Tajo, los tejados escalonados hacia el río y el brillo especial de aquella ciudad que había soltado el lastre de una dictadura interminable.

—¿Recuerdas la casa del Largo das Portas do Sol?

—¿Cómo no la voy a recordar? Siempre estaba llena de gente hablando a voz en grito. Y recuerdo que mamá y tú me mandabais a jugar a la plaza para que os dejara dormir la siesta. Muy a menudo, por cierto.

—La última vez que fui a Lisboa, hace seis años, me acerqué al barrio y me pareció que la casa estaba radiante. Habían restaurado la fachada y los azulejos habían recuperado sus tonos originales. —Abel toquetea la croqueta—. Estuve a punto de preguntar si quedaba algún piso libre, pero el barrio se ha puesto muy caro y las vistas

21

ya no son las mismas. En el muelle atracan cruceros de cuatro pisos y los turistas se acercan al mirador de Santa Lucía como si fueran de peregrinación.

Gonzalo lo observa pensativo.

—¿Seguro que te alegras de lo de mi trabajo?

—Tal como están las cosas, ¿qué quieres que diga? Serás uno de esos miles de españoles que disfrutan de nuestra famosa movilidad exterior.

Gonzalo amaga una sonrisa.

—¿Cuándo te vas?

—Quedan algunos trámites, el visado y todo eso. Calculo que me iré en dos o tres semanas. Todavía no he dicho nada en el periódico, antes quería hablarlo contigo.

El televisor sigue atronando en el comedor vacío. En la pantalla dan un breve sobre la violación de una adolescente durante unas fiestas, seguido de la noticia de un tuitero demandado por un comentario sobre la familia real.

Abel lanza una mirada hostil y hace un gesto malhumorado al camarero.

—¿Le importa quitarla? Apenas se puede hablar con tanto ruido.

El camarero coge el mando secamente y apaga el televisor.

—Deberías llamar a mamá de vez en cuando —dice Gonzalo pinchando un trozo de champiñón—. Dice que no quieres saber nada de ella.

Abel apura su cerveza como si hubiera olvidado la croqueta en el plato.

3

A media tarde el ruido del tráfico le llega amortiguado por el doble cristal de la ventana, mientras un viento delicado mece la copa de los árboles, como un arrullo silencioso.

En su mesa de trabajo, Abel enciende el tercer Coronas sin tener ni idea de lo que quiere hacer. Parece oscilar entre el recuerdo de la comida con Gonzalo, los reproches de su hijo, esa croqueta enfriándose en el plato como una metáfora ridícula de sí mismo y las pilas de papeles que se amontonan ante él. Y sobre una de ellas, la foto manoseada y descolorida de Casimiro Monteiro.

Abel se detiene en la cara del asesino de Humberto Delgado. La barbilla levantada desafiando al fotógrafo, el bigote recortado sobre unos labios sin asomo de piedad, el cuello ancho, los rasgos mestizos y los ojos brutales. Es la mirada universal del ejecutor, del salvaje a sueldo, de ese tipo de sicarios que actúan con las espaldas bien cubiertas.

Casimiro Monteiro, el gigante de la lejana colonia de Goa, que empezó su carrera ejemplar torturando a sus compatriotas y siguió haciendo méritos como carnicero en la Policía política portuguesa. Terminó sus días en Sudáfrica y murió en la indigencia, pero ha regresado a su escritorio en el momento más inesperado. Y parece devolverle una mirada burlona: «Así que ahí andas, bien jodido y tratando de distraerte con la muerte del general».

Después de despedirse de Gonzalo, nada más llegar a casa y en un intento inútil por quitarse el regusto amargo de la comida, Abel ha buscado la caja de documentos sobre el caso Humberto Delgado. Los que reunió mientras vivía en Lisboa y los que sacó más tarde del sumario policial, como fragmentos deslavazados de un episodio de hace más de medio siglo. Un suceso fronterizo entre Badajoz y el Alentejo portugués, esa región que llaman La Raya y que a veces le ha parecido más cercana a la ficción que a la realidad. Casi un invento literario.

Ha tenido que revolver a fondo en los altillos hasta encontrar lo que buscaba. Más de veinte gruesas carpetas de cartón áspero, hojas grapadas, fotocopias casi ilegibles, recortes de prensa y documentos oficiales. Y en una carpeta verde oscuro, los retratos del general, de su secretaria y pareja, Arajaryr Campos, y de su cuadrilla de asesinos, difuminándose y a punto de desvanecerse.

Abel se detiene en las fotos de los compinches de Casimiro Monteiro. El inspector Antonio Rosa Casaco, con sus gruesas gafas de tecnócrata, Agostinho Tienza, el figurín de pelo engominado, y Ernesto Lopes Ramos, con una cerrada barba oscura y camisa a cuadros, como si se hubiera disfrazado de sindicalista.

Cada una ellas, grapadas a su correspondiente ficha de agentes de la Policía Internacional y de Defensa del Estado. Un nombre grandilocuente para unas siglas que aún despiertan recuerdos sombríos en Portugal: la PIDE, la policía secreta que estuvo al servicio de António de Oliveira Salazar para eliminar a sus opositores y que lo ayudó a mantenerse en el poder más de cuarenta años. El dictador discreto.

Monteiro, Rosa Casaco, Tienza, Lopes Ramos... Los cuatro jinetes del trágico apocalipsis de Humberto Delgado y de Arajaryr Campos. Los que les tendieron una trampa diseñada por Salazar, que quería eliminar a aquel general iluminado dispuesto a plantarle cara. Los que les hicieron creer que la revolución los esperaba en Portugal y terminaron asesinándolos una tarde de invierno de 1965 en una finca de Badajoz. Y los que acabaron enterrándolos lejos del lugar del crimen, a las afueras de Villanueva del Fresno, junto a un camino de contrabandistas conocido como Los Malos Pasos. Toda una premonición de lo que se avecinaba.

Los cadáveres aparecieron dos meses después, medio desenterrados y comidos por las alimañas. Los descubrieron un par de adolescentes que andaban cazando pájaros y vieron el suelo removido. A primera vista pensaron que los cráneos desfigurados podían ser de algún animal. El brillo de un diente de oro los sacó de dudas y huyeron espantados.

Abel se enciende otro cigarrillo y revive su primera visita al lugar, hace unos cuarenta años, y su desasosiego al ver las fosas. Y se imagina las pesadillas que debieron sufrir aquellos muchachos.

La prensa internacional se hizo eco del descubrimiento. Las conjeturas sobre la extraña desaparición de Humberto Delgado llevaban circulando varias semanas y la calma indolente de Villanueva del Fresno, un pueblo achatado a los pies de un castillo en ruinas, se vio sacudida por el desembarco de un escuadrón de periodistas, micrófonos y cámaras de televisión, tratando de confirmar lo que ya se daba por seguro: por fin habían aparecido los restos del general y de su secretaria. Y desde el principio, todo apuntaba en la misma dirección: los asesinatos eran obra de la PIDE, con la necesaria complicidad de la Policía española.

El tráfico de la calle disminuye mientras el viento sigue haciendo bailar las ramas con una melodía inaudible. Abel agradece la protección del doble acristalamiento, pero le llegan algunos ruidos estridentes: los frenazos de los coches, el resoplar de las puertas de los autobuses y el traqueteo de un helicóptero de la Policía que sobrevuela la zona y que ya forma parte de la banda sonora de la noche, como el ojo de un cíclope en un cielo sin estrellas.

Monteiro, Rosa Casaco, Tienza, Lopes Ramos… Cuántas veces habrá mirado esos rostros vulgares intentando descifrar lo que esconden y que ya no contarán nunca porque están todos muertos. Igual que sus jefes en la cúpula de la PIDE: Silva Pais, Barbieri Cardoso y Pereira de Carvalho. Todos arrinconados en el tétrico historial de dos tiranos: Salazar, el urdidor de la encerrona, y Franco, encubridor de un crimen que apenas logró silenciar con ayuda de la censura. No era tan fácil disfrazar el asesinato de un general portugués en suelo español.

Abel echa mano de la voluminosa carpeta de recortes de prensa, con sus fotocopias desvaídas, y recuerda una vez más cómo, tras el hallazgo de los cadáveres, los medios extranjeros apuntaron sin dudarlo a un crimen de Estado, mientras la prensa portuguesa y la española, siguiendo el mismo guion, se inventaban conspiraciones entre bandas rivales.

Tuvieron que pasar meses de hermetismo, presiones diplomáticas, campañas de intoxicación y noticias falsas hasta que un juez español, José María Crespo, se abrió paso en una investigación enmarañada y llena de callejones sin salida. El recuerdo de aquel juez solitario le ha asaltado a menudo. Crespo señaló a los culpables y pidió su extradición, pero habían actuado con identidades falsas y la Policía portuguesa se burló de su solicitud. Oficialmente, los asesinos que reclamaba el juez no habían existido nunca.

Los ruidos de la calle se van distanciando y lo único que queda es el traqueteo insistente del helicóptero. El cenicero se ha llenado de colillas, como los pétalos arrugados de una margarita con la que Abel estuviera dilucidando qué hacer. Ha transcurrido demasiado tiempo y en Portugal también parece haberse instalado el famoso eslogan: «No desenterrar el pasado».

Ni siquiera la Revolución de los Claveles hizo justicia al general Humberto Delgado, aquel visionario que —un poco a la desesperada— intentó acabar con el dictador. Hubo que esperar hasta 1981 para que un tribunal militar sentenciara a los culpables. A los cuatro agentes de la PIDE y a sus jefes. Las penas fueron ridículas y casi todos fueron juzgados en rebeldía porque ya habían huido y estaban ilocalizables.

Abel, con veinticinco años recién cumplidos, se había estrenado como corresponsal cubriendo los juicios, y sabe que en el camino quedaron muchas preguntas sin respuesta. Las mismas que siguen flotando sobre esa pila de papeles.

¿Por qué los mataron en España? ¿Por qué los enterraron a sesenta kilómetros del lugar de los asesinatos? ¿Quién los ayudó? ¿Cómo era posible que los crímenes sucedieran en una zona de caminos de contrabandistas, vigilados constantemente por la Guardia Civil? ¿Y por qué un hombre inteligente cayó en una burda encerrona contra la que le habían advertido sus compañeros de exilio? ¿Se moría de cáncer, como se dijo más tarde? ¿Era su última oportunidad de hacer caer a Salazar?

Con los documentos en la mesa, estas preguntas le asaltan nuevamente, pero ahora como el eco de algo muy remoto. Gonzalo se va a miles de kilómetros y él perderá su débil contacto con la realidad. La Lisboa luminosa que conoció en sus años de corresponsal apenas recuerda la Revolución de los Claveles. Y aquí y allí la gente se busca la vida como puede, convencida de que su día a día no tiene nada que ver con aquella vieja historia salpicada de espacios en blanco. Como una escena vista por un enfermo de retinosis pigmentaria, que ve caras, habitaciones, calles

27

y películas como si les fueran hurtando fragmentos. Y su destino final es la ceguera. «Dentro de unos años, todos ciegos», se dice Abel parafraseando el viejo dicho.

Desde la pila de papeles, la foto desafiante de Casimiro Monteiro sigue interrogándolo: «¿Vas a remover otra vez las tumbas y regresar a lugares que ya no le importan a nadie? ¿No tienes nada mejor que hacer?». Y Abel siente la mirada salvaje del matarife, protegida por una impunidad de siglos, y el tufo de su aliento, como si ya hubiera regresado por la misma puerta por la que lo dejaron escapar.

La noche ha caído, el aire está en calma y los rumores de la calle se apagan, mientras el aleteo del helicóptero parece haber subido de volumen.

Abel enciende otro Coronas y relee su recordatorio: «Prohibido rendirse». El cansancio le pesa y en su cabeza se agolpan las caras de los asesinos, la foto de Salazar, el contenedor ardiendo, la mañana de su despido, las fosas de Villanueva del Fresno, el anuncio de la marcha de Gonzalo, los maletines de dinero negro, los salvadores de la patria, los días de Lisboa y las esculturas humanas de la Puerta del Sol, como un rompecabezas febril.

Es demasiado para un solo día y está aturdido. Echa un último vistazo a la pila de carpetas, apaga el cigarrillo y se dirige al dormitorio, sabiendo que lo aguarda otra noche interminable.

4

$\mathcal{U}$n par de semanas más tarde las carpetas siguen sobre la mesa con el mismo olor a polvo y a humedad. Continúan aparcadas con un destino impreciso, sin que Abel haya vuelto a tocarlas. Se ha acostumbrado a su muda presencia, como si fuera la señal insistente que llega desde algún planeta a años luz.

La proximidad de la marcha de Gonzalo ha cambiado sus rutinas y su trayecto diario al Pepe Botella. Ha preferido dedicar las mañanas a acompañarlo en sus trámites. Esos que lo convertirán en un emigrado más. Lo que la jerga oficial ha bautizado como «aventureros» por no admitir que son fugitivos de una especie de tierra quemada.

Los ratos que ha pasado con él en el consulado, o mientras lo sometían a la batería de vacunas obligatorias, o viendo cómo le instalaba el Skype para tener lo que él llama «conversaciones de plasma», les han servido como una larga ceremonia de despedida. Pero el vuelo de Gonzalo ya tiene fecha y hora. Será mañana, de madrugada.

Abel detesta el aeropuerto, con su diseño de centro comercial, así que ha decidido despedirse de Gonzalo dejándose invitar a una comida en su buhardilla, encaramada en la plaza de Cascorro. Será un almuerzo a la portuguesa y él se ha comprometido a llevar el vino.

En cuanto Gonzalo le abre la puerta, Abel lo abraza haciendo equilibrios para evitar que se le caiga la botella, convirtiendo el abrazo en un gesto torpe y fugaz.

—Es un blanco de Setúbal, como dijiste que ibas a preparar bacalao con nata me pareció el más indicado.

—¿Cómo lo conseguiste?

—En una bodega del barrio de Salamanca. Una de esas en las que te atiende un tipo que no sabes si es sumiller o ingeniero de la NASA.

Gonzalo examina la botella y la guarda en la nevera.

—Estando aquí, podría ser las dos cosas.

—En eso llevas razón.

La buhardilla es un espacio mínimo y mientras Gonzalo trastea en la cocina americana, Abel coloca su chaquetón sobre una silla y se deja caer en un sofá granate, frente a una gran pantalla de televisión. Emiten una tertulia sobre las noticias del día.

—¿Siempre la tienes puesta?

—Solo cuando cocino. —Gonzalo apaga el aparato—. Mientras manejo el cuchillo hay gente que me ayuda a desahogarme.

Desde el sofá, Abel hojea sin interés un dominical y repara en un par de maletas en un rincón, medio escondidas, como si su hijo quisiera evitarle un mal trago. Gonzalo prepara una ensalada de canónigos en un bol, hasta que se decide a romper el hielo.

—Alucinante lo de la financiación ilegal, ¿crees que los procesarán?

—No sé, lo único que veo es un país con memoria de pez. Así que seguro que los volverán a votar.

—Parece que siempre estamos empeñados en repetir nuestra historia.

Abel se detiene unos instantes en los anuncios del dominical.

30

—Aquí la historia solo es una versión interesada. De eso los periodistas sabemos algo.

—Menos mal que hay un puñado de gente que no se casa con nadie, haciendo su trabajo de hormigas.

—El paciente trabajo de las hormiguitas.

—Imagínate la historia en manos de un grupo mediático. El mío, sin ir más lejos.

Abel responde con un silencio que puede significar muchas cosas. Entre otras, que el asunto no le merece ni un minuto de atención en esos momentos. Gonzalo deja la ensalada sobre una pequeña mesa abatible junto a la cocina y lanza una ojeada al horno.

—Listo para sentencia.

Abel va al lavabo y Gonzalo aprovecha para poner la mesa, abrir el blanco de Setúbal y colocar la fuente de bacalao, cubierto por una capa dorada. Sirve el vino y cuando su padre está de vuelta, le tiende una copa con un gesto solemne.

—Por los descreídos y los desertores.

Chocan las copas y Abel intenta sonreír, pero no resulta muy convincente. Se sientan a la mesa y parecen relajarse a la vista de la fuente humeante, que llena el aire de aromas a queso fundido.

Abel toma un sorbo y Gonzalo le sirve una ración de bacalao mínima, para evitar que se le enfríe en el plato.

—¿Cuánto dura el vuelo?

—Más de quince horas, con escala en Lisboa.

—Saluda a Lisboa de mi parte. —Abel vuelve a levantar la copa.

Gonzalo lo imita y reconoce un destello de malicia en la mirada de su padre.

—Lisboa… Eso me recuerda que te vas sin contarme nada de tu amiga, la bloguera.

Gonzalo saborea el vino imitando a un experto catador.

—¡Hummm! Fresco y elegante, como diría el crítico del periódico.

—No seas pijo y no me cambies de tema. Te conozco demasiado bien.

Gonzalo vuelve a llenar las copas.

—Catarina viene a cenar. Será nuestra última noche juntos en una temporada.

—Así que habéis pasado unas cuantas.

—Menos de las que me hubiera gustado. —Gonzalo desmenuza su trozo de bacalao—. Vendrá dentro de un rato. Si quieres, te la presento y habláis de su viaje a La Raya.

—No quiero interferir en tus momentos pasionales. Te lo pondré fácil.

—Ya. Como quieras. Pero con Catarina no hay nada fácil —dice concentrándose en su copa—. Supongo que estoy enamorado de ella, no sé, pero es muy inestable. Y tiene un pasado muy traumático.

Abel lo observa intrigado.

—A veces me duele pensar que la dejo en la estacada —continúa Gonzalo—. Pero tengo que poner tierra de por medio y evitar que me arrastre.

—Has puesto bastante tierra por medio.

—Necesito un respiro.

Gonzalo vuelve a servir una porción de bacalao a su padre, con delicadeza, mientras este sigue observándolo.

—¿Por qué dices que tiene un pasado traumático, si se puede saber?

—Preferiría que te lo contara ella, pero es algo que les pasó a sus padres —replica Gonzalo revolviendo lentamente la ensalada de canónigos—. Lleva tiempo intentando averiguarlo. Es una de esas hormiguitas.

—El otro día busqué en Internet el apellido Chagas. En la cátedra de Historia de la Universidad de Lisboa me salió Aldo Chagas. ¿Era el padre de Catarina?

Gonzalo asiente rellenando su copa.

—Lo entrevisté en dos o tres ocasiones —prosigue Abel al tiempo que pincha en la ensalada sin mucho entusiasmo.

—¿Y qué impresión te dio?

—Era una autoridad en el salazarismo y había vivido la dictadura en carne propia, así que su testimonio resultaba muy valioso.

—¿Sobre qué hablasteis?

—Sobre Humberto Delgado, precisamente. Conocía bien el caso. Hablé con él en los noventa, cuando se cumplían veinticinco años del asesinato. Yo tenía que hacer algo para el periódico y él andaba trabajando en nuevas líneas de investigación.

—¿Y?

—Me enseñó las pruebas de la participación de Franco. Documentos que demostraban que la Policía franquista seguía los pasos de Humberto Delgado y sabía que había entrado en España con nombre falso. También quedaba claro que había un operativo en marcha para detenerlo aquí y entregárselo a la PIDE. Eran muy interesantes porque confirmaban que había un pacto entre la Policía española y la PIDE, y Fraga siempre dijo que España no había tenido ninguna implicación en el asunto. Tomé bastantes notas.

—¿Publicaste algo?

—Quedó en enviarme una copia de los documentos, pero no lo hizo. Luego ya se pasó el aniversario y el periódico perdió todo interés.

Gonzalo hace un gesto de resignación.

—Dos o tres años más tarde me lo encontré en un congreso en la Universidad de Coimbra y me di cuenta de que me rehuía. Parecía ausente. Llegué a la conclusión de que el acto no le interesaba lo más mínimo.

—¿No lo volviste a ver?

—No. Cuando nos vinimos a Madrid no supe más de él, y casualmente ahora reaparece su fantasma. Y nada menos que a través de la novia de mi hijo.

—Lo de novia suena un poco excesivo.

—Novia o amante, me da igual. En cualquier caso, suficiente como para acojonarte y que te escapes a miles de kilómetros.

Gonzalo sonríe hasta que percibe un brillo húmedo en los ojos de su padre. Abel aparenta un repentino interés por el último resto de vino en su copa y Gonzalo se levanta en dirección a la nevera.

—De postre he preparado *mousse* de chocolate. Lo pedías en todos los restaurantes.

—¿Ella qué opina de que te vayas?

Gonzalo se toma su tiempo.

—Está enfadada, aunque no lo quiere admitir. Me ha dicho que a lo mejor va a visitarme, cuando aquí ya no queden señales de vida inteligente y no encuentre material para su blog. Dice que está al caer.

—Puede que acabemos todos en Mozambique.

Gonzalo levanta nuevamente la copa. Esta vez el emocionado es él.

El tiempo vuela y después de dar buena cuenta de la *mousse*, aprovechan los últimos ratos para repasar sus recuerdos mientras redondean la comida con algunas copas de *bagaceira* casi helada.

—La tenía reservada para una ocasión especial —comenta Gonzalo mostrando la botella cubierta de vaho.

Un par de horas más tarde, cuando Abel se levanta, lo hace torpemente, nublado por los efectos del aguardiente. Los mismos que lo ayudan a dar un abrazo a su hijo. Seguramente más breve de lo que hubiera querido.

—Venga, papá, pasado mañana hablamos por Skype. Y de paso empiezas a reconciliarte con las nuevas tecnologías.

Abel coge el chaquetón pero no acierta a ponérselo.

—Echaré de menos esta comida. Es algo que no podremos compartir por Internet.

—La próxima vez podemos encontrarnos en Lisboa. Está mejor comunicada con Mozambique y el bacalao con nata te sabrá mejor.

—Este lo has bordado —replica Abel mientras Gonzalo lo acompaña hasta la puerta sujetándolo levemente del brazo.

Una vez en el rellano, se despide de su hijo con un cachete.

—Cuídate.

—Tú también, papá. Y por favor, no tires la toalla.

Gonzalo se queda en la puerta hasta que deja de oír los rápidos pasos de su padre, que baja por las escaleras un poco a trompicones.

Abel sale a la plaza a paso ligero. El aire fresco de la calle parece aliviarlo y camina tan rápido que no repara en una muchacha de veintitantos años que en ese preciso instante se cruza con él, con el semblante serio y una cámara colgada al hombro.

5

$\mathcal{T}$ras una noche con esporádicas ráfagas de sueño, Abel amanece con una resaca que no sabe a qué atribuir. Desde la marcha de Gonzalo, hace diez días, solo ha tomado alguna que otra cerveza, así que no descarta que sea la secuela de una pesadilla, la sombra de varios personajes vestidos de negro de pies a cabeza, cubiertos con pasamontañas en los que asomaban unos ojos vagamente humanos. De nuevo, la mirada de los ejecutores.

A la vista de los atentados que aparecen de vez en cuando en los informativos, atribuye el sueño a esos espectáculos sangrientos. De momento, en su primera charla de Skype con Gonzalo, este ha intentado tranquilizarlo aseverando que Mozambique es un país seguro. Pero Abel sostiene que ya no hay países seguros y que, a diferencia de los viejos verdugos, que hacían su tarea casi a escondidas, los nuevos se exhiben para demostrar que no hay nada fuera de su alcance.

Al pisar las baldosas del pasillo se ve caminando sobre un suelo cada vez más quebradizo, y cuando termina de desayunar y baja a la calle, se mueve como un autómata, con la certeza de que su andamiaje lo sostiene a duras penas.

Desde su rincón del Pepe Botella se asoma al ventanal, observa a los que pasan con bolsas del autoservicio, a los que montan sus tenderetes, a la gente que se reparte por los bancos, ociosa y con la mirada huidiza, y al sintecho que camina erráticamente con una litrona en la mano. Pero tiene la sensación de que el escenario habitual se está cuarteando.

Con el café sobre la mesa y a punto de echar mano de su cuaderno, la cercanía de una sombra le hace levantar la cabeza. Frente a él, una joven de veintitantos años lo mira expectante.

—Disculpe, ¿es usted Abel Castro?

Abel asiente algo incómodo. La joven le tiende la mano dejando al descubierto una pequeña cámara colgada al hombro.

—Soy Catarina Chagas, una amiga de Gonzalo.

Abel reconoce un leve acento portugués.

—Ah, ya, la bloguera.

La joven parece azorada y Abel intenta remediar su brusquedad:

—¡Siéntate y disculpa, me has pillado desprevenido!

Catarina sigue de pie, indecisa.

—No quería molestar. Gonzalo me dijo que usted solía venir por aquí, y como estoy haciendo fotos en el barrio me he asomado a saludarle. Pero si está ocupado…

Abel señala una silla vacía frente a él.

—Haz una pausa en tu trabajo. Prometo no decírselo a tus jefes, no sea que te lo descuenten. Y por favor, tutéame.

Catarina esboza una sonrisa mientras se quita de la espalda una pequeña mochila, cuelga su cazadora en la silla y se sienta dejando la cámara sobre la mesa. Abel aprovecha el momento para examinarla y concluir que su hijo no tiene mal gusto. Catarina es una mujer grande y ancha de hombros, pero muy bien formada y con unos ojos negros almendrados que ella subraya con un finísimo trazo de kohl. El pelo, corto y oscuro, le cae en un flequillo rebelde obligándola a apartárselo continuamente con ayuda de sus dedos, largos y muy blancos. Viste una sencilla camiseta y un pantalón negro y ajustado, y sus únicas notas de color son un fular verde turquesa, anudado informalmente en torno al cuello, y un anillo del mismo color que rodea su pulgar y destaca sobre la palidez de la piel.

—¿Quieres tomar algo? —dice Abel despejando la mesa.

—Un vaso de agua.

—¿No prefieres un café? Arancha los prepara muy bien.

—No me gusta el café.

—Una portuguesa que no toma café, increíble. —Abel reclama la atención de Arancha—. ¡Por favor, un agua mineral!

Arancha le responde con una afirmación seguida de un guiño y Abel frunce el ceño.

Instantes después, el botellín de agua está sobre la mesa y Abel y la encargada repiten su intercambio de gestos, mientras Catarina mira con curiosidad a través del ventanal.

—Buen observatorio —dice cuando vuelven a quedarse a solas.

—Al final todos los días se parecen. Lo único que varía es el estado de ánimo del observador. Y el mío tampoco cambia mucho.

Catarina vuelve su mirada al cuaderno de Abel.

—Gonzalo me dijo que no has dejado de escribir.

—Aquí es donde anoto mis cosas, como una especie de becario en prácticas.

—También me han dicho que eres un periodista de raza.

—Eso no sé qué significa. —Abel toma el último trago de su café.

Catarina lo escudriña pensativamente, mientras Abel echa la taza a un lado.

—Mi hijo me contó que habéis compartido recuerdos de infancia en Lisboa. ¿En qué barrio vive tu familia?

—Vivíamos en Lavra, cerca de la universidad.

—¿Y ahora?

—Ya no me queda familia en Lisboa. Mi madre murió hace años y yo me vine a Madrid después de la muerte de mi padre. En realidad, no tengo familia en ningún sitio.

—Vaya, lo siento. También me comentó que estabas interesada en el asesinato de Humberto Delgado —tantea Abel—. Gonzalo te habrá contado que entrevisté a tu padre en un par de ocasiones. Era un especialista en el tema, lo conocía al dedillo.

Catarina asiente mientras hace girar su anillo en torno al pulgar.

40

—¿Él no te habló del caso? —continúa Abel.

—Muy poco, pero guardaba muchos documentos y les he echado un vistazo. Gonzalo me dijo que has escrito sobre el asunto, que has viajado a La Raya varias veces y cubriste los juicios contra la PIDE.

—Si se puede llamar juicio a esa pantomima. De un tribunal militar no se puede esperar gran cosa, y casi todos los acusados habían huido al extranjero.

—Además recogiste muchos testimonios, ¿no? —La pregunta suena apremiante.

—He estado dos o tres veces en el lugar de los asesinatos y donde se encontraron los cadáveres. Hablé con mucha gente, pero la mayoría ya estaban aleccionados sobre lo que debían y no debían contar, como si les hubieran pasado un argumentario. Ya ves que está todo inventado.

Abel hace una pausa y juguetea con su cuaderno.

—¿Cuántos años tienes?

—Veintiocho, ¿por qué?

—No te lo tomes a mal, pero ahora los de tu edad andáis con eso de las redes sociales, Twitter y demás —prosigue Abel lanzando una ojeada instintiva a la cámara—. Me sorprende tu interés por un caso de hace más de cincuenta años. Ni siquiera habías nacido cuando se celebró el juicio.

Catarina desvía la mirada hacia el ventanal y sus dedos vuelven a hacer girar el anillo verde.

—Es un asunto familiar.

Abel le rellena el vaso de agua.

—¿Un asunto familiar?

—Mi padre nació en una finca de arrozales de Elvas, junto al Guadiana. Vivió allí hasta los veinte años. Después se fue a Lisboa a estudiar Historia Contemporánea con una beca y se convirtió en uno de los profesores universitarios más jóvenes. Sus alumnos lo adoraban. Él me trasmitió su pasión por la historia. Decía que la verdad se encuentra en los pequeños detalles, más cerca de lo que pensamos. Y que hay que saber mirarla sin prejuicios.

Abel desvía los ojos hacia la cámara, como si intuyera que se ha precipitado al juzgar a la muchacha.

—Ser historiador en tiempos de Salazar no debió ser fácil. Tenía el mismo respeto por la historia que Franco. Ninguno.

—Mi padre decía que Salazar era más inteligente que Franco y que eso le hacía doblemente peligroso.

—Un dictador de paisano tiene que ser más hábil. ¿Tu padre militaba en algún partido?

—No. Formaba parte del grupo de intelectuales que se oponían a la guerra en las colonias. Decía que era un acto de distracción de la dictadura y que estaba costando una sangría de vidas humanas. No soportaba ver cómo sus

41

alumnos morían en Angola y Mozambique, escribió varios artículos sobre el tema y se convirtió en un personaje incómodo. La PIDE lo visitaba cada dos por tres.

Abel trata de atar cabos entre el relato de Catarina y un viejo crimen fronterizo.

—¿Has estado alguna vez en La Raya?

Ella tarda en responder:

—Estuve con él, poco antes de que muriera. En Olivenza, en Juromenha, en Elvas…, recorrimos toda esa parte del Guadiana. Se la conocía como la palma de la mano. Para él fue una despedida por partida doble. El pantano de Alqueva había inundado casi todos los lugares de su niñez.

—Debió ser un viaje triste…

—Nunca lo vi tan emocionado. Se le saltaban las lágrimas. Decía que era como un regreso a su juventud, cuando iba a pescar, a cazar ranas o a montar a caballo con su hermano pequeño. Se llevaban un año, pero eran como dos gotas de agua. Aldo y Nuno. Solo se les distinguía porque Nuno tenía una cicatriz en una ceja. Se la había partido haciendo el loco. He visto alguna foto y parecían gemelos. Por lo demás, eran como el día y la noche. Nuno era un vividor y mi padre era muy serio. Lo llamaba *biruta* porque era un bala perdida, pero lo quería mucho. No tenía más hermanos.

—¿Qué fue de Nuno?

—Desapareció en febrero del 65. —La respuesta de Catarina suena seca, como un disparo.

—¿Cómo? —Abel se endereza en la silla.

—Un día se fue y no volvieron a saber nada de él. Se esfumó, como si se lo hubiera tragado la tierra.

—Justo cuando mataron a Humberto Delgado y a su secretaria…

Catarina asiente.

—¿Y qué hizo tu padre?

Ella vuelve los ojos al ventanal mientras da un lento sorbo a su vaso.

—No pudo hacer nada. Estaba en la cárcel, acusado de actividades subversivas, delitos contra el Estado y no sé cuántas cosas más. Lo detuvieron a finales del 64. Parece que Salazar ya estaba preparando el terreno para acabar con Humberto Delgado y necesitaba neutralizar a la oposición. Hicieron varias redadas y a mi padre, como a muchos otros, lo encerraron y lo torturaron en el cuartel del Chiado. Estuvo varios meses incomunicado y luego lo mandaron a la cárcel.

—¿Cuándo lo soltaron?

—En el 67. Pero todavía estuvo dos años más bajo arresto domiciliario, sin poder dar clases. Ni siquiera podía viajar a Elvas. Así que durante mucho tiempo no pudo hacer nada para averiguar qué le había sucedido a Nuno. Lo pasó muy mal. Le angustiaba no poder ayudar a su familia. Mis abuelos eran casi analfabetos, pensaban que mi padre era una persona influyente y no les cabía en la cabeza que no pudiera encontrar a su propio hermano.

—¿No volvieron a saber nada de él?

Catarina hace un movimiento casi imperceptible con la cabeza.

—Desapareció por completo.

Abel se revuelve en su silla.

—¿Y después de la Revolución?

—Jamás volvió a dar señales de vida. —La voz se le ensombrece—. Mis abuelos murieron y al cabo de muchos años, en el 90, aprovechando que se habían desclasificado algunos documentos, mi padre estuvo en Badajoz y consultó varios archivos. También contactó con algunos pasadores. Gente que había ayudado a cruzar el Guadiana

43

a jóvenes que se escapaban de Portugal porque si los alistaban eran carne de cañón. —Se sirve lo poco que queda en su botella—. Ojalá no lo hubiera hecho.

Abel se pone en guardia.

—Lo que averiguó le cambió para siempre. Se convirtió en un hombre amargado y perdió la ilusión por la enseñanza y por todo. Para colmo, mi madre murió poco después y yo fui la única que se quedó a su lado.

—¿No te dijo qué había descubierto?

Catarina se encoge de hombros.

—No. Se encerró en un caparazón y se abandonó físicamente. La muerte de mi madre fue la puntilla. Estaba desengañado, desconfiaba de todo y de todos. Cambió por completo, y empezó a decir que la verdad puede ser insoportable y que a veces hay que enterrarla. Yo estaba empeñada en que me contara qué había sucedido, pero no lo conseguí.

De nuevo se vuelve hacia el ventanal, pero esta vez hurtando sus ojos al escrutinio de Abel, que empieza a sentir la pesada carga de la muchacha.

—Cuando Gonzalo me dijo que tenías muchos contactos en La Raya, pensé que eras mi última oportunidad. Pero tampoco estoy segura de querer saber lo que pasó. A lo mejor mi padre tenía razón y la verdad hay que enterrarla para siempre.

—No sé. Aquí también hay gente empeñada en enterrarla y ya ves, no nos está sirviendo de gran cosa.

Catarina lo mira pensativa, guarda la cámara en la mochila y vacía el vaso de un trago. Luego coge una servilleta y apunta un número de teléfono y una dirección de correo electrónico.

—Si me decido a ir a Badajoz, ¿me ayudarás?

Abel evita la respuesta mientras se levanta de la mesa y tiende la mano a Catarina. Esta se le acerca y le planta dos besos en las mejillas, a los que él reacciona con un tímido apretón en el brazo.

—Tu apellido significa 'llagas', ¿verdad?

Catarina asiente débilmente y hace ademán de sacar un monedero de la mochila. Abel la frena con un leve gesto de la mano.

—Estás en mi territorio.

Ella musita «*Obrigada*» y Abel vuelve a tomar asiento mientras empieza a sentir una remota llamada de alerta, un detalle impreciso en el relato que acaba de escuchar. El recuerdo difuso de algo que ya pasó por sus manos hace muchos años y tal vez lo espere ahí, oculto en la montaña de papeles sobre los asesinatos de Humberto Delgado y Arajaryr Campos.

45

6

*D*e vuelta a casa, Abel para un momento en la panadería y sale con una barra recién horneada. También se hace con algo de embutido y una lata de cerveza en uno de los últimos colmados que sobreviven en el barrio, y con ese simple avituallamiento se dispone a pasar el resto del día buceando en las carpetas de su escritorio. Esta vez con la intención de encontrar algún dato que le pudo pasar inadvertido. Y, sobre todo, cualquier pista que pueda conducirlo a ese personaje del que sabe poco más que su nombre y su apellido, Nuno Chagas, desaparecido sin dejar rastro en las mismas fechas en que asesinaron al general Humberto Delgado.

El frío de la calle se vuelve cada vez más punzante y apenas se ve reconfortado por el tenue calor hogareño. Solo pone la calefacción unas horas al caer la tarde y, pese a que Gonzalo siempre le ha reprochado sus hábitos espartanos, Abel se escuda en el ahorro energético y en un gesto simbólico de empatía hacia los que no pueden pagar la luz.

Con la bandeja preparada, se sienta en su escritorio y abre la cerveza mientras su mirada se distrae por la ventana, helada por el relente, y observa a la gente que camina por la acera, aterida y con paso rápido, como si huyera de algo.

Cuando da el primer mordisco al bocadillo, su atención ya está puesta en las pilas de papeles que ha esquivado durante las últimas semanas y que finalmente lo han alcanzado, convertidas en un proyectil insalvable. Desde su foto deslucida, los ojos de Casimiro Monteiro cobran un brillo burlón, como la mirada indulgente que se lanza a un niño cuando cae una y otra vez en el mismo error.

Abel aparta la foto y escoge una carpeta con un título anodino: «Documentos del sumario».

Es la más voluminosa de todas. Está llena a reventar y sujeta por un balduque rojo bajo el que se agolpan informes forenses, partes policiales y testimonios recogidos por el juez. Una montaña de legajos que repiten el tedioso vocabulario sumarial y esconden las claves de lo que sucedió a comienzos de 1965, a lo largo de dos meses, en ese trayecto entre Badajoz y Villanueva del Fresno.

48 Al mirarlos siempre le ha asaltado la misma impresión de malestar: que tras ese muro impenetrable de actas, providencias, diligencias y peritajes, se dibujaban unos hechos brutales. Y que las parrafadas del sumario hacían aún más indigesto un crimen de Estado perpetrado por un hatajo de matones que cumplían órdenes como empleados competentes. En sus despachos de la PIDE, los autores intelectuales pusieron un nombre poético a aquella ceremonia sangrienta, Operación Otoño, y mientras se cometía el doble crimen seguramente asistían a solemnes actos públicos como hombres ejemplares. Gente por encima de toda sospecha. Al regresar a Lisboa, también los asesinos entrarían en sus casas, besarían a sus mujeres y abrazarían a sus hijos con la satisfacción del trabajo bien hecho.

En su día, a Abel le costó muchas horas desembarazarse de ese sumario enmarañado y pegajoso y abrir una brecha en el relato oficial hasta comprender la secuencia desnuda de los hechos. Que el 13 de febrero de 1965 Humberto Delgado y Arajaryr Campos empezaron el día en un pequeño hotel de Badajoz, donde habían coincidido con un grupo de supuestos colaboradores. Que horas más tarde fueron conducidos con engaños a la finca de los Almerines, junto a la carretera de Olivenza, donde los esperaban sus asesinos. Que el general fue golpeado ferozmente con una barra de hierro por Casimiro Monteiro, mientras Arajaryr era estrangulada por Agostinho Tienza. Que metieron los cadáveres en los maleteros de dos coches, donde había mantas, una pala y sacos de cal viva. Y que trasladaron aquel macabro equipaje hasta un remoto camino de contrabandistas y sepultaron los cuerpos en el lecho de un arroyo, convencidos de que nunca los encontrarían.

Mientras parece olvidarse de la bandeja, las horas pasan y va rescatando los testimonios que permitieron reconstruir los últimos momentos de las víctimas. Abel habló con los testigos, ya casi todos muertos, y ha leído los documentos cientos de veces. Y siempre lo han llevado al mismo atolladero. Pero tras la conversación con Catarina los interrogantes han cambiado.

¿Se oculta Nuno Chagas en alguno de esos testimonios? ¿Estaba entre los supuestos seguidores del general? ¿Entre los asesinos? ¿Quizás vio algo que no debía?

Hace una pausa para morder el bocadillo y echar un trago de cerveza, ya insípida. La fantasía no es su fuerte y es reacio a las teorías de la conspiración, pero las preguntas surgen como si tuvieran vida propia: ¿Quién era realmente Nuno? ¿Otro desertor que acabó en un país remoto? ¿Uno de tantos que se dejaron la vida intentando escapar? ¿Un muerto sin nombre?

Súbitamente se para en seco y cae en la cuenta de que esas tres palabras, «muerto sin nombre», son precisamente las que le rondan desde la conversación con Catarina.

49

Abel siente las manos heladas. El tiempo ha pasado sin darse cuenta mientras el frío se ha instalado en el estudio, levemente iluminado por un atardecer invernal que se apaga.

Enciende la lámpara de mesa, se levanta a poner en marcha la calefacción y mientras camina por el pasillo la cabeza no para de darle vueltas. Todas las dudas que le han ido surgiendo solo dibujan un relato incompleto. Como esos dos cuerpos enterrados chapuceramente y desgarrados por las alimañas.

Cuando vuelve a sentarse, la lámpara de bajo consumo ha cobrado intensidad y Abel mira el montón de carpetas sintiendo que la expresión de Casimiro Monteiro es más desafiante, como si disfrutara observando sus palos de ciego. Tras abrir otra cajetilla regresa a los documentos del sumario. El juez fue muy meticuloso en sus interrogatorios, y hojeando las declaraciones se encuentra con una, muy breve, de un vecino de Villanueva del Fresno que vio dos coches aparcados junto al camino de Los Malos Pasos y a varios hombres alrededor. Uno de ellos le pareció que estaba haciendo de vientre. El lugareño se limitó a saludarlos, sin sospechar ni remotamente que eran agentes de la PIDE y que acababan de sepultar dos cadáveres bajo paletadas de cal.

A menudo ha imaginado aquel instante, cómico y macabro, pero esta vez lo que llama su atención es una simple frase, dicha como de pasada, que él subrayó alguna vez y que ahora cobra otros posibles significados. En su testimonio, aquel vecino recordaba que la escena sucedió a comienzos de febrero, «poco después de la muerte de un contrabandista».

Hay algo en esa frase que siempre lo desconcertó. En su momento consultó la prensa local de aquellas fechas, sin encontrar la menor noticia sobre un contrabandista muerto. Ni siquiera un breve. Era una víctima sin nombre ni apellidos, así que había restado importancia a aquel testimonio, tal vez fruto de un simple rumor o de un fallo de memoria del testigo.

Pero ahora le surge la duda. ¿Hubo otro crimen en esas mismas fechas? ¿Se trataba realmente de un contrabandista? ¿Conoció el padre de Catarina aquel testimonio del vecino de Villanueva del Fresno?

La noche empieza a caer al otro lado de la ventana. El foco del helicóptero ha vuelto a asomar sobre las azoteas y esta vez sus hélices suenan con más fuerza y se mezclan con sirenas de policía, quizás por alguna manifestación cercana.

Abel se ha olvidado definitivamente de la bandeja con un bocadillo a medio terminar y una cerveza caliente, y se enciende otro cigarrillo mientras intuye que en esa montaña de papeles acaba de encontrar algo nuevo. El relato de un hombre abatido en el camino de Los Malos Pasos, no se sabe ni cómo ni por qué, como un mero figurante arrinconado en una gran superproducción histórica. Y que ese muerto, ignorado y anónimo, quizás permita arrojar algo de luz sobre un asesinato político y la destrucción de una familia.

51

7

*L*a mañana de un lunes primaveral se cuela entre los resquicios de la persiana y Abel abre la ventana, desde la que podría tocar los mínimos brotes que asoman en las ramas del primer árbol. Por primera vez en mucho tiempo ha dormido pasablemente. Ayer mantuvo una charla por Skype con Gonzalo y dedicaron un buen rato a ponerse al día. Abel, comentando episodios de la política nacional, como los actos de una comedia bárbara, y Gonzalo contándole sus primeros pasos en Mozambique, incluyendo algunos detalles cómicos sobre las costumbres locales.

Su hijo no ha perdido ocasión de confirmarle los planes de Catarina: hacer un reportaje gráfico de los escenarios del caso Humberto Delgado, que se publicará día tras día como la crónica de un viaje, y aprovechar el recorrido para indagar en su historia familiar.

Abel sabe que le está pidiendo que la ayude, pero sigue sin tener muy claro si quiere involucrarse en un asunto olvidado, que amenaza con trastocar sus rutinas, acompañando a una muchacha de la que tampoco sabe gran cosa.

A ratos siente la excitación de un principiante. Al fin y al cabo, descubrir la identidad de un hombre muerto en un sendero cerca del Guadiana, hace tantos años, parece la ocupación de un reportero local. Pero teme acabar aferrándose a ese cadáver como a un tronco a la deriva. Solo por sentirse útil. Puede que por última vez.

En cualquier caso, ya ha renunciado a entender por qué ese episodio menor ha ido cobrando más entidad que muchos acontecimientos del presente y por qué en la tarde de ayer le envió un correo electrónico a Catarina citándola esta misma mañana en el Pepe Botella. Todavía tiene preguntas pendientes.

Cuando llega al café, la encuentra esperándolo en la barra. Lleva su cámara al hombro, los ojos silueteados con kohl y viste de negro nuevamente, pero tiene el pelo más corto, un poco andrógino. Lo saluda con una sonrisa abierta y se encaminan a la mesa junto al ventanal mientras Abel nota un leve escozor en su vanidad al descubrir que la muchacha es más alta que él.

Por suerte, Arancha tiene el día libre y el camarero que la sustituye se limita a llevarles un café, una botella de agua y un par de vasos, ahorrándose gestos de complicidad.

Catarina mira a través del ventanal abierto y Abel revuelve mecánicamente con la cucharilla.

—Cada vez me gusta más este sitio —dice ella.

—Es viejo, pero tiene su encanto.

—Me refiero al ventanal. Es como asomarse a la vida de los demás.

En la calle, un grupo de adolescentes coquetean entre risas. Catarina se tropieza con la expresión irónica de Abel.

—A veces prefiero no mirar.

Catarina recupera su atención en el grupo, como el que disfruta de un espectáculo inesperado, coge su cámara y dispara una ráfaga hacia un adolescente que lleva una camiseta blanca con la frase: «La revolución no será televisada».

—Tampoco irá estampada en una camiseta —apunta Abel.

—Disculpa. Ya sabes cómo somos las fotógrafas.

Abel saca su cuaderno.

—He estado mirando mis papeles sobre Humberto Delgado.

La muchacha apaga la cámara y la guarda en su mochila.

—Los he visto todos —continúa Abel—. Las notas, los recortes de prensa, los documentos del sumario, las actas del juicio… Son más de veinte carpetas y creo que tengo información suficiente para escribir varios libros.

—¿Y?

—Buscaba algún documento donde apareciera el apellido Chagas. Cualquier cosa que aportara un mínimo indicio sobre tu tío Nuno.

—Prefiero llamarlo Nuno, a secas.

—¿Por qué?

Catarina se limita a dar dos o tres vueltas a su anillo turquesa.

—Como quieras. Supongo que tu padre también empezó como yo, mirando las declaraciones de los testigos, los informes de la Policía…, pero quería asegurarme de que no se le había escapado ningún detalle.

Las risotadas de los adolescentes lo interrumpen pero Catarina ya no les presta atención. Abel toma un sorbo de café y hace una mueca.

—No encontré la más mínima referencia a Nuno Chagas. Ni entre los supuestos colaboradores de Humberto Delgado, ni entre los que participaron en los asesinatos.

Catarina lanza una ojeada al cuaderno de notas, como si esperara algo más.

—Lo malo es que eso no significa nada. Tu padre también sabía que la mayoría de los nombres que aparecen en el sumario estaban amañados y que los cuatro de la PIDE usaron pasaportes falsos. El juez tardó mucho en averiguar su verdadera identidad. Al final, los únicos nombres auténticos que conocemos son los suyos, pero hubo mucha más gente involucrada de la que no hay ninguna pista.

—¿Tú crees que Nuno tuvo algo que ver?

—No tengo ni idea.

—De todas formas, tarde o temprano habría dado señales de vida —añade Catarina.

—A no ser que también lo hubieran matado.

Abel da un nuevo sorbo a su café como el que bebe una medicina, mientras hojea su cuaderno.

—Hay algo en lo que no caí en la cuenta el otro día, cuando me hablaste de su desaparición.

Catarina vuelve a girar su anillo en el pulgar.

—Me contaste que Nuno pudo andar metido en asuntos turbios, ¿a qué te referías?

—Cuando mi padre se fue a Lisboa, Nuno empezó a tratar con gente poco recomendable. En las zonas fronterizas suele haber todo tipo de chanchullos, y mi padre decía que en La Raya los pobres hacen contrabando y los ricos hacen negocio. Y la Policía estaba muy corrompida. Creo que Nuno se movía a sus anchas con unos y otros y sabía sacarles partido, aunque nunca he tenido muy claro cómo.

Abel deja a un lado el café y se sirve un vaso de agua.

—Parece el retrato de un arribista.

—No estoy segura. Según mi padre, Nuno era un tipo encantador. Tenía un talento natural para hacer amigos, era un estupendo jinete y también tenía bastante éxito con las mujeres. Creo que mi padre lo envidiaba.

—Eso no nos aclara mucho. ¿Tenía algún oficio?

—De vez en cuando trabajaba en un taller de Elvas, pero eso no le daba para vivir. Imagino que se dedicaba a otros trapicheos. Por lo visto, tenía amigos entre la Policía fiscal y los terratenientes de la zona. A menudo se iba a montar a caballo y a cazar con ellos. O de putas.

Las palabras de Catarina restallan en la calma del Pepe Botella y alguien gira la cabeza desde una mesa cercana. Es un joven que está escribiendo en una *tablet*. Abel le sostiene la mirada y el joven retoma su tarea.

—¿Tu padre y Nuno discutían de política?

—Creo que preferían no hablar del asunto. Además, ninguno de los dos quería comprometerse.

—En el caso de tu padre, suena bastante raro.

—Siempre dijo que cuando volvía a casa de mis abuelos, Lisboa quedaba muy lejos. Solo quería ver a su familia, ir a pescar con Nuno y trabajar en la huerta. Decía medio en broma que se volvía apolítico y que ese era su secreto inconfesable. A veces la política también lo aburría.

—Eso lo entiendo. Cuéntame algo más del viaje que hicisteis juntos.

—Fue en primavera, hace cinco años. —La voz de Catarina se quiebra levemente—. Estaba muy débil y yo hice de conductora, de enfermera, de fotógrafa…, un poco de todo. Nos alojábamos en Olivenza porque decía que era la ciudad portuguesa más bonita de la frontera. Le gustaba provocar.

—No es el único que piensa que Olivenza es portuguesa. Es un tema sensible.

—Dejémoslo ahí —zanja Catarina—. Desde Olivenza recorrimos los lugares de su juventud. Nos acercamos al puente de Ajuda, bordeamos el Guadiana por las dos orillas, visitamos la finca donde había trabajado con sus padres… Nos dimos una paliza. Respiraba con dificultad y a menudo tenía que parar para reponer fuerzas, pero quería verlo todo. Parecía un condenado a muerte en su banquete final. En esos días me llamaba Catrineta y decía que era como el velero de su último viaje. —Echa mano de una servilleta de papel y se seca los párpados.

—*A Nau Catrineta*. La canción sonaba mucho en mis

57

años lisboetas —dice Abel cerrando su cuaderno—. ¿Tu padre habló de Nuno durante ese viaje?

—Solo en una ocasión. Yo llevaba un par de sillas plegables en el maletero para que pudiéramos sentarnos si se cansaba demasiado. Una tarde nos acercamos a la orilla portuguesa, en una zona donde solo hay algunos cortijos. Era un sitio que él conocía y tuvimos que bajar con el coche por un camino embarrado. Casi nos quedamos atascados, pero él quería ir de todas todas. Cuando llegamos puse las sillas al borde del río y nos sentamos durante un buen rato. Hacía una tarde preciosa. En esa zona hay piedras grandes y achatadas que sobresalen del agua. Mi padre me contó que era el lugar favorito de Nuno, que habían pescado mucho en ese tramo del río y que más de una vez habían tenido que regalar toda la pesca a los *guardinhas.* Yo me levanté para hacer algunas fotos y cuando volví, lo encontré llorando. Nunca lo había visto así.

Catarina vuelve a recurrir a la servilleta, que se va oscureciendo con restos de kohl.

—Después de eso no volvió a hablar de su hermano. —Se suena la nariz—. Disculpa, no suelo llorar.

Abel desvía la mirada hacia la plaza. En un parque infantil cercano, un niño se desliza por un tobogán bajo la mirada paciente de una mujer de pelo entrecano. La mujer se agacha con dificultad, pero coge al niño antes de que toque el suelo.

—No hablas nunca de tu madre…

Catarina deja la servilleta arrugada sobre la mesa.

—Era mucho más joven que mi padre y había sido una de sus mejores alumnas. —Su tono se ha endurecido—. Pertenecía a una familia de izquierdas. Su padre era un líder anarquista, Afonso Coutinho. Mi madre no llegó a conocerlo, lo detuvieron cuando ella estaba a punto de nacer y murió en la cárcel tres años después. Dicen que se suicidó, pero en tiempos de Salazar nunca estaba claro.

—Aquí también sabemos algo de eso.

—Es posible que mi madre también se suicidara.

—¿Cómo? —Abel vuelve a notar una sacudida.

—Se mató en un accidente de tráfico. Iba sola y se estrelló en una recta, a pleno día.

—A ver si lo entiendo. —Abel parece abrumado—. Primero muere tu abuelo en la cárcel, luego desaparece Nuno, tu padre viaja a La Raya para aclarar lo que le sucedió y a su vuelta tu madre se mata en un accidente. Da la impresión de que se trata de hechos encadenados.

—Eso creo. —Catarina mira el reloj con gesto nervioso, dispuesta a levantarse.

—Espera, todavía no me has contado tu programa de viaje —se anticipa Abel—. Gonzalo me adelantó algo hace un par de días, en una de nuestras conversaciones de plasma.

—Con Gonzalo hablo por Skype todas las noches. Fingimos estar sentados en la misma mesa, como si no hubiera miles de kilómetros de por medio.

—Maravillas de las nuevas tecnologías.

—Te habrá contado que el periódico quiere publicar un reportaje sobre los últimos días del general, paso a paso. Haré un recorrido por La Raya y se irá volcando en la edición digital sobre la marcha, de manera que los lectores pueden interactuar durante el viaje. Y mientras, trataré de aclarar qué pasó con Nuno.

Abel observa distraídamente al joven de la *tablet*, que continúa atento a su pantalla.

—¿Estuviste con tu padre en Villanueva del Fresno?

—No, ¿por qué?

—El sumario recoge el testimonio de un vecino que habla como de pasada de un contrabandista muerto. En febrero, coincidiendo con la desaparición de Nuno.

—¿Podría ser él?

—El nombre del muerto no aparece por ninguna parte. Ni en el sumario ni en la prensa de Badajoz —añade Abel—. Y eso me desconcierta.

—Ya tienes un motivo para volver a La Raya —apostilla Catarina.

Abel hace un gesto decidido en dirección a la barra, pidiendo la cuenta.

—Si te acompaño, será al margen de tus jefes. Te ayudaré con las localizaciones de los sitios que tienes que fotografiar y aprovecharemos para hablar con gente que conozco, pero será de forma anónima. No quiero que mi nombre aparezca en el periódico.

Ella parece contrariada.

—Como quieras.

—También es mi forma de echarte una mano. Ya me ha quedado claro que para Gonzalo eres alguien especial. Si habláis todas las noches…

—*Muito obrigada.*

—Agradéceselo a él —responde sonriendo por primera vez—. Si no te ayudo, es capaz de venir desde Mozambique para mandarme a la mierda.

8

*E*l timbrazo del portero automático rompe el silencio de la casa y Abel mira instintivamente el reloj. Las nueve. Lleva más de una hora levantado, pero los párpados le pesan tras una noche dando vueltas en la cama, como un adolescente en vísperas de su primera salida lejos de casa. Oye la voz animada de Catarina a través del telefonillo, recoge la maleta de mano y la bolsa del ordenador, y al pasar por el estudio lanza un gesto de despedida a las carpetas. Esa montaña de papeles que lo han empujado a su inminente viaje a La Raya, distinto a todos los demás porque es un viaje en busca de un fantasma.

Mientras baja en el ascensor cae en la cuenta de que parte de su nerviosismo tiene que ver con Catarina y con el hecho de que esa muchacha, treinta y cinco años más joven que él, sea algo así como la amante de su hijo. Además, van a afrontar muchos imprevistos y ha perdido práctica en situaciones ajenas a sus hábitos de misántropo. Ya en el portal, se siente acobardado aunque percibe una sensación de vértigo que no lo incomoda del todo.

Catarina lo espera apoyada en un viejo Renault Clio granate. Viste como de costumbre, lleva gafas de sol pese al cielo cubierto y en cuanto lo ve acercarse abre el maletero, donde se amontonan varios bultos junto a dos sillas plegables. Abel se sorprende por la presencia de las sillas, pero guarda su maleta y su portátil sin el menor comentario, y está a punto de ocupar el asiento del copiloto cuando la muchacha hace una seña con la mano.

—Si te parece, nos turnamos al volante, aunque te advierto que yo conduzco despacio.

—Perfecto, a mí me gusta conducir —replica aliviado—, así que te propongo que tú hagas los trayectos cortos y yo los largos.

Abel se sienta al volante y, nada más detenerse en el primer semáforo, Catarina abre el cajetín lleno de estuches de cedés.

—Tenemos varias horas de viaje —se justifica.

—En eso también tendremos que llegar a un acuerdo. ¿Tienes algo de música portuguesa?

—¿Tiene que ser portuguesa?

—Me trae buenos recuerdos.

Catarina rebusca entre los estuches.

—Tengo alguna cosa: B Fachada, Xutos, Afonso Cabral…

—No los conozco. ¿Y algo de fado?

Ella lo mira por encima de las gafas con expresión divertida.

—De los nuevos: Fado Violado, Maria Bozzini…

—Me rindo. —Abel hace un gesto teatral de impotencia.

—Ya me avisó Gonzalo.

—¿De qué?

—De que eras un nostálgico.

—Carroza, quieres decir. ¿Algo de Rodrigo Leão?

Catarina vuelve a revisar sus cedés, escoge uno y lo pone. Dentro del coche empieza a sonar el primer tema de *O Mundo*.

A partir de ese instante, el trayecto a Badajoz se convertirá en un monográfico de música portuguesa, con saltos arbitrarios del pasado al presente que Catarina administra a su antojo ante la resignación de Abel. De vez en cuando se cuelan los ritmos angoleños y las *mornas* caboverdianas, mientras el paisaje extremeño asoma al borde de la autovía, como una sucesión igualmente caprichosa de tierras de regadío, jarales en flor y pedregales graníticos.

Como si se atuvieran a un guion, evitan hablar del destino de ese viaje de más de mil kilómetros que los mantendrá unidos una semana, el tiempo que han dado a Catarina para su reportaje. Así que buscan un terreno más cómodo y eligen medir sus recuerdos de Lisboa, comparando sus sitios favoritos, para llegar a la conclusión de que parecen haber vivido en dos ciudades diferentes. Abel, en la de la librería Bertrand, los tugurios de la Mouraria, el museo de Bordallo Pinheiro y la panorámica de Nossa Senhora do Monte. Y Catarina, en la de los bares de diseño junto al Tajo, el centro cultural de Belém y los garitos del Bairro Alto. La Lisboa que aún mantenía débiles rescoldos de la Revolución de los Claveles y la que intenta sobrevivir a la gentrificación, como cualquier ciudad europea.

Poco antes del mediodía, la vista de Badajoz los arranca de sus recuerdos y, tras parar en el restaurante de una gasolinera a comer y llenar el depósito, bordean la ciudad y toman la carretera a Olivenza.

Abel no se sorprende de que Catarina haya reservado en el mismo hotel donde se quedó con su padre y acepta como excusa que la elección se debe a razones prácticas. Al fin y al cabo, ha dicho ella, Olivenza está en el centro de todo, y a él no se le escapa que es una frase con significados diversos. Por otra parte, en Olivenza siempre se ha sentido muy a gusto, así que en el fondo agradece la decisión.

Al salir de Badajoz, Abel señala a su izquierda el perfil afilado de unos cipreses asomando en una tapia interminable.

—El Cementerio Viejo, en esos muros fusilaron a muchos republicanos. En Badajoz hubo una de las peores matanzas de la Guerra Civil. Fue en la plaza de toros.

Catarina se inclina para contemplarlo mejor, sin decir palabra.

—Todavía hay quien justifica aquellas masacres. Tus jefes ya te habrán puesto al corriente de que hay un grupo de salvajes que va dejando su firma en la región. Una especie de manada de neonazis que lo mismo pintan cruces gamadas en una tumba que dan una paliza a un travesti. Son muy activos en las redes sociales, pero están tardando demasiado en identificarlos.

Ella mantiene un mutismo absoluto. Tal vez porque empiecen a asaltarle imágenes del último viaje con su padre.

No tardará mucho en asomar al fondo la torre del castillo de Olivenza, con su silueta destacando sobre los tejados, más rojizos con la luz del atardecer. Catarina aún tiene puestas las gafas de sol y no parece inmutarse, pero Abel ve un trazo brillante que se abre paso en sus mejillas.

—¿Me das un pitillo?

Abel enciende uno y se lo pasa.

Instantes después están llegando al pueblo. A la entrada hay un hotel grande y de estilo impreciso. Abel se desvía a un enorme aparcamiento donde hay un par de autocares y media docena de coches, elige un sitio junto a la puerta y apaga el motor.

—¿Te importa que me lo termine? —dice Catarina levantando el cigarrillo en el aire.

—No, claro. Voy descargando el equipaje.

Abel la deja sola, se baja del coche y abre el maletero, dispuesto a sacar todos los bultos ante la muda presencia de las dos sillas plegables.

9

La tarde empieza a declinar y las calles de Olivenza cambian de tonalidad. El encalado de las fachadas se va apagando, el empedrado pierde su brillo metálico y el rojo intenso de las murallas adquiere un color como de sangre coagulada. En las palmeras de la plaza de España miles de pájaros llenan el aire de un parloteo frenético, mientras algunos niños juegan al fútbol entre las terrazas de los bares.

En una de ellas, Catarina y Abel curiosean distraídamente a su alrededor, presintiendo el abismo que separa ese instante de calma y el propósito final de su viaje.

Nada más llegar al hotel y después de registrarse bajo la mirada suspicaz del recepcionista, se han concedido un rato de descanso en las habitaciones, pared con pared. Abel le ha buscado un sitio al portátil, se ha echado en la cama sin molestarse en deshacer la maleta y se ha quedado dormido, mientras oía a Catarina ducharse en la habitación de al lado. Media hora más tarde se ha despertado con un sobresalto, sin saber dónde estaba. Algo que le pasa con frecuencia. Luego ha salido a la terraza, un amplio espacio con una mesa y dos o tres sillas de jardín, y ha visto a Catarina en la terraza contigua, asomada a la barandilla, entretenida con un ruidoso grupo de jubilados que acababan de llegar en autocar. La muchacha ha tardado en reparar en su cercanía y ambos han seguido observando a los recién llegados, hasta que Abel ha sugerido dar un paseo.

Ahora no está seguro de que haya sido una buena idea. Mientras él disfrutaba de su reencuentro con la ciudad, Catarina ha estado callada todo el rato. Solo ha conseguido arrancarle una sonrisa al visitar la iglesia de la Magdalena, un rito que siempre ha cumplido en sus viajes a La Raya. Ha sido al caer la tarde, cuando los últimos rayos de sol se filtraban en la nave central y alumbraban las columnas de piedra torneada, dándoles una apariencia liviana, como si flotaran.

—Si yo fuera portugués, declararía una guerra solo para rescatar esta maravilla.

—A mi padre también le entusiasmaba; cuando estuvimos aquí me trajo todos los días. Decía que esta iglesia le hacía recobrar la fe.

—¿Era religioso?

—En absoluto. Se refería a la fe en la naturaleza humana. Aseguraba que si éramos capaces de construir algo así, no estaba todo perdido.

Al volver a la calle, Catarina se ha relajado mientras caminaban hasta la plaza de España para acabar sentados en la terraza de un bar de tapas, con la omnipresente cámara de ella, una botella de vino y un par de copas sobre la mesa, absortos en los gritos de los niños, que no han parado de perseguir incansablemente una pelota.

—A Gonzalo le hubiera gustado estar aquí —comenta Abel al tiempo que devuelve la pelota que acaba de llegar a sus pies.

—¿No ha venido nunca contigo?

—No hemos tenido ocasión, siempre he estado por asuntos de trabajo.

—Ya me ha contado que trabajabas mucho.

Abel está a punto de llevarse la copa a los labios, pero se detiene en seco.

—Suena a reproche.

—En cierto modo, pero no te juzgo. En eso también te pareces a mi padre, se pasaba horas metido en su despacho preparando las clases. Y se olvidaba de todo lo demás.

—¿Y que más te ha contado de mí?

—Que te gusta estar solo. O mejor dicho, que te estás acostumbrando a la soledad. Dice que te has vuelto un sarcástico con tendencia a la melancolía.

—La gente suele decepcionarme.

—¿Todo el mundo?

—Excepto Gonzalo, y ya ves…

Abel toma un sorbo de su copa y hace un gesto a la camarera.

—Deberíamos pedir algo de cenar y volver pronto al hotel, mañana nos espera una jornada intensa.

Catarina le señala la carta sobre la mesa y eligen un par de raciones.

—Y tú, ¿echas de menos a Gonzalo?

Catarina le da vueltas al anillo.

—Creo que últimamente le estaba agobiando. A veces me pregunto si no se ha ido tan lejos para perderme de vista.

—Puede que mi estado de ánimo haya influido en su decisión —dice Abel como si cayera súbitamente en la cuenta—. Tal vez le pesaba demasiado.

—Entonces nos repartiremos el mérito…

Él está a punto de contestar cuando la pelota golpea la mesa y las copas se tambalean. Ella reacciona con rapidez evitando que se caigan, mientras la camarera sale hecha una furia en dirección a los niños. Al volver, se detiene junto a ellos y aprovechan para pedirle algo de cenar.

A poca distancia se ha parado un grupo de cinco o seis hombres y mujeres del autocar de los jubilados. Parecen estar eligiendo una terraza para sentarse y bromean como adolescentes.

—Fin de curso —dice Abel.

—Es bonito.

—¿Qué?

—Verlos coquetear a sus años.

Abel hace un esfuerzo por descubrir la belleza de la situación.

—No hay nada bonito en envejecer. La muerte te hace visitas de cortesía cada dos por tres, como si fuera uno más de la familia. —Abel saca su cuaderno de notas—. Por cierto, ¿en qué cárcel murió tu abuelo?

Catarina da un lento trago a su copa.

—En Caxias. Lo detuvieron en el 64, como a mi padre, pero por razones diferentes. De hecho, los dos se hicieron muy amigos en la cárcel. Mi padre decía que era una de las mejores personas que había conocido en su vida. Y que se ensañaron con él.

—¿Por qué lo detuvieron?

—Era uno de esos jóvenes que intentaron escapar del país para no ir a la guerra. Lo condenaron a diez años, pero al tercero apareció ahorcado en la celda. Mi padre lo contó en un libro sobre sus años en la cárcel.

—Tuve ocasión de hablar con gente que había pasado por Caxias. —Abel tuerce el gesto—. Muchos de ellos salieron destrozados, la PIDE se aplicó a conciencia usando manuales de tortura de la CIA. Había que ser muy fuerte para resistir en Caxias.

—Mi padre lo era —asiente Catarina—. Mi abuelo también era muy joven, pero no aguantó.

—¿Tu padre y tu abuelo tenían la misma edad?

—Casi. A mi abuelo lo detuvieron con poco más de

veinte años, cuando mi abuela ya estaba embarazada de mi madre. Y cuando dio a luz, él estaba en la cárcel. De hecho, nunca lo volvieron a ver. Muchos años después, cuando mi madre iba a la universidad conoció a mi padre, que entonces ya era un señor que le doblaba la edad, y se enamoraron como dos adolescentes. Fue un caso muy sonado en la facultad y provocó todo tipo de cotilleos. Los pasillos de la universidad son como la plaza de un pueblo.

—Curiosa historia.

—Supongo que ella buscaba una figura protectora. Mi padre solía bromear con eso, mi madre se llamaba Helena y él la llamaba Electra.

La camarera llega con un par de platos de queso y jamón serrano y con una ensalada de tomate, al tiempo que lanza un grito a los niños que siguen jugando a la pelota cerca de la terraza.

—Se quisieron mucho —añade Catarina zanjando la conversación.

Abel se entretiene aliñando la ensalada y repartiéndola en dos platos.

—Tomates auténticos. Creí que ya no existían.

Ella huele su plato y pincha un trozo haciendo un gesto de aprobación. Instantes más tarde, se oye el grito de un niño que se ha caído al suelo y se retuerce cogiéndose la rodilla. Parece que ha recibido una patada. El resto continúa su juego. Catarina se levanta disparada y se acerca al pequeño.

Abel está a punto de incorporarse, pero se queda sentado, atento a la situación. Catarina se ha arremangado y le da unos pequeños masajes al niño. Minutos más tarde, este se levanta cojeando y ella lo acompaña durante unos metros, hasta que el lesionado se suma al juego renqueando y ella vuelve a la mesa.

—Eres una buena cuidadora.

—Tuve que aprender a serlo.

—No me contestes si no te apetece, pero ¿qué recuerdos tienes de tu madre?

Catarina traga con dificultad un trozo de tomate.

—Pocos. Yo solo tenía cuatro años cuando se mató y nunca entendí lo que le había pasado. A mi padre terminó de hundirle la vida y a mí me convirtió en lo que soy.

Abel rellena las copas.

—¿Y qué eres, según tú?

—Una persona rarita, ¿no crees?

—Ya sabes lo que dicen, de cerca nadie es normal.

—Tu hijo también lo dice para consolarme.

El griterío de los niños ha vuelto. Catarina sigue con atención los movimientos del chico al que ha socorrido, que a veces parece resentirse del golpe. Luego vacía su copa de un trago y se levanta.

—Tengo que ir al servicio.

—Vale, pido la cuenta mientras tanto —dice Abel.

—Sí, pero pago yo, son gastos que voy a pasar al periódico. Bastante haces con aguantarme.

Abel está a punto de protestar.

—Además —prosigue Catarina señalando a su alrededor—, estás en mi territorio.

—Pues vamos a tener un conflicto internacional, porque pienso defenderlo con uñas y dientes.

La expresión de ella se dulcifica.

Al cabo de un rato en el que Abel se dedica a observar al niño que cojea, Catarina está de vuelta. Ya ha pagado en la barra y cuando se incorpora a la mesa él la espera de pie.

—Podemos continuar el paseo para despejarnos.

Catarina recoge la cámara y el bolso y se dirigen al laberinto de callejones del casco antiguo, iluminados por grandes farolas que proyectan sombras silueteadas sobre las fachadas. Caminan como si pisaran suelo sagrado y, de vez en cuando, ella se detiene para señalar las placas de calles y plazas, a las que se ha añadido su antiguo nombre portugués.

—Calçada Velha, Entre Torres, Aljube... Reconocerás que en portugués suenan mucho mejor.

Abel asiente resignadamente y baja la voz:

—¿Sabes que la familia de Humberto Delgado quiso enterrarlo en Olivenza?

—No, no lo sabía.

—El cadáver de Arajaryr lo mandaron a Brasil, donde tenía a su familia. Pero Salazar no permitió que a Humberto Delgado lo enterraran en Portugal. Tenía miedo de que acabara ganándole la batalla después de muerto.

—¿Y por qué no lo enterraron aquí?

—El juez español tampoco lo estimó conveniente —continúa Abel—. No le parecía una decisión inofensiva. Humberto Delgado siempre había defendido que Olivenza era portuguesa, así que el juez pensó que enterrarlo aquí podía convertirse en un problema político.

—¡Qué tontería!

—Era un muerto incómodo, así que lo dejaron en el cementerio de Villanueva del Fresno. Y ahí se quedó durante muchos años. Eso sí, con la oposición del párroco, que decía que era comunista y no se le podía enterrar en suelo sagrado. El pobre Humberto Delgado no tenía nada de comunista, pero no lo dejaban descansar ni después de muerto.

—El cadáver errante —apostilla Catarina mientras bordean la plaza de Santa María.

Se detiene ante la placa y la lee como si la recitara, mientras hace un par de fotos.

—Adro de Santa Maria do Castelo.

—En el 90, mucho después de la Revolución de los Claveles, lo enterraron en el Panteón Nacional con todos los honores —continúa Abel—. La última vez que estuve en

73

Lisboa me acerqué a visitar su tumba. Me pareció un horror. Un catafalco pesado y sin gracia. A lo mejor, él habría preferido quedarse en su nicho de Villanueva del Fresno.

—Mi padre me llevó a ver su sarcófago en Lisboa y me di cuenta de que todavía se le recuerda. La gente sigue dejando claveles rojos, año tras año.

Abel saca su primer Coronas de la tarde y se detiene a encenderlo en medio de la calle.

—Es más de lo que hacemos aquí con muchos de nuestros muertos, que siguen tirados en las cunetas.

El correo del embajador

*F*rente al ordenador —como si quisiera revivir una mañana cualquiera en el Pepe Botella—, el recuerdo me asalta como un fogonazo de aquel lejano 1965. El estudiante tragándose los cristales de sus gafas. Las náuseas. El vómito. La sangre mezclada con la saliva. Las heridas en la garganta. La mirada de pánico.

Lo habían detenido durante un acto de protesta en la Universidad de Lisboa y la PIDE lo había obligado a comerse sus lentes rotas. Los cirujanos lograron salvarlo después de cuatro horas de quirófano. La nota oficial lo despachó como una tentativa de suicidio.

Sucedió poco antes del asesinato de Humberto Delgado, pero hoy la escena de ese chico torturado y aterrado regresa con nitidez, como una imagen conocida. Las falsas tentativas de suicidio también fueron una coartada habitual en la España de Franco. Los regímenes totalitarios no suelen tener imaginación.

Mis recuerdos siguen vericuetos misteriosos y, rodeado por la asepsia de un hotel, me pregunto cómo ha vuelto este episodio a mi cabeza.

La memoria es como una linterna con las pilas casi gastadas. Trajinas a oscuras por el pasado, sin saber con qué tropiezas, hasta que de repente su luz oscilante alumbra algo y desvela la naturaleza del lugar al que acabas de entrar. A veces, para terminar descubriendo que ya habías estado antes allí.

El retorno a La Raya me ha hecho regresar a ese instante en que la linterna iluminó la verdadera naturaleza de Salazar: la foto fija del muchacho tragándose los cristales de sus gafas. Absortos en nuestro silencio, los españoles ignorábamos que nuestros vecinos estaban tan solos y tan asustados como nosotros.

Ahora algo tan obvio me produce cierta vergüenza. Sobre todo, porque fue un descubrimiento casual. Deambulaba entre viejos documentos y apareció aquel correo interno del embajador español en Lisboa, con el sello de «Reservado», mencionando el inverosímil intento de suicidio del estudiante. Podía haberme pasado inadvertido, pero ahí estaba, narrado en la prosaica jerga oficial. La misma que he vuelto a ver en el dosier de Humberto Delgado. Y de nuevo imagino al muchacho obligado por su cuadrilla de verdugos a tragarse sus lentes troceadas. O quizás es verdad que intentó matarse, horrorizado ante la certeza de la tortura.

Nunca olvidaré esa imagen, como tampoco olvidaré los testimonios de los presos de Caxias, casi idénticos a los de quienes pasaron por nuestra Dirección General de Seguridad.

El relato del muchacho que se tragó los cristales y el del abuelo de Catarina y su suicidio, real o inventado, son el mismo. Es la historia de esos interminables años de niebla en los que, a ambos lados de La Raya, compartíamos el silencio y el miedo como el que sufre una maldición bíblica.

10

Sentado al volante, Abel observa cómo las nubes se van oscureciendo y amenazan lluvia. Catarina permanece con los párpados entornados, pero ya le ha pedido dos cigarrillos, y al encendérselos, él ha notado un leve temblor en sus dedos que ella ha intentado disimular inútilmente.

La mañana ha comenzado con una luminosidad primaveral y Abel se ha despertado a las ocho, como si estuviera a punto de recuperar sus rutinas en Malasaña. No ha tardado en darse cuenta de que le esperan unos días muy diferentes. Y que no van ser nada rutinarios.

Para empezar, se ha visto golpeando suavemente la puerta de la habitación de Catarina, que ha respondido con voz pastosa y lejana: «¡Enseguida estoy!».

Media hora más tarde han desayunado en silencio rodeados de un batallón de jubilados, entretenidos en colmar sus platos en el bufé y dar vacaciones a sus rigurosas dietas. Esta vez, el bullicio ni siquiera ha despertado la curiosidad de Catarina, que ha seguido concentrada en su té con leche, mordisqueando una tostada y con los ojos oscurecidos por dos ojeras azuladas.

Abel ha aprovechado para repasar en voz alta el programa de la jornada, en un intento de devolverla al mundo real.

—Si te parece, vamos a reconstruir paso a paso el día de los asesinatos, empezando por el puesto de San Leonardo, por donde entraron los de la PIDE. Luego, antes de comer, nos acercamos a Badajoz, al hotel donde se alojaban Arajaryr y Humberto Delgado, y si nos da tiempo terminamos el trayecto en la finca donde los mataron.

Catarina ha asentido como una niña obediente, se ha bebido el té apresuradamente y ha dejado la tostada a medias. Abel ha terminado de desayunar sin perder de vista los ventanales del comedor, donde empezaban a asomar nubes grisáceas.

—¿Has traído ropa de lluvia?

Catarina ha negado con la cabeza.

—Pues que sea lo que Dios quiera.

Al salir del aparcamiento, el cielo se asemejaba a una tela sucia. Ha empezado a lloviznar mientras rebasaban la primera señal con la distancia a la frontera y durante todo el trayecto solo se percibirá el rítmico vaivén de los limpiaparabrisas.

Dos grandes placas azules con círculos de estrellas anuncian la salida de España y la entrada en Portugal, y Abel apunta hacia un grupo de construcciones blancas.

—San Leonardo.

Las ruinas del puesto fronterizo se mantienen al costado de la carretera, como si se resistieran a desaparecer. Entre las construcciones destaca la marquesina que protegía la aduana, convertida en un improvisado resguardo frente a las rachas de lluvia.

Catarina y Abel se ponen a cubierto y ella aprovecha algunos claros para hacer fotos. En un altozano próximo hay unas construcciones bajas, aparentemente abandonadas, con un vago aspecto cuartelario.

—Por aquí pasaron los dos coches de la PIDE la mañana del 13 de febrero. Las matrículas eran falsas y los pasaportes también, pero no les pusieron ninguna pega. El jefe del puesto, un tal Semedo, también era de la PIDE, así que todo quedaba en familia.

—¿Y al entrar en España? —pregunta Catarina.

—Semedo se subió a uno de los coches y cuando llegaron al puesto español dijo que sus acompañantes eran amigos de toda confianza y que iban a pasar un fin de semana en Sevilla. Y entraron sin más.

—Qué fácil, ¿no?

—Hicieron la vista gorda. Teniendo en cuenta que llevaban cal viva y seguramente armas en los maleteros, habría bastado un simple registro para descubrir que no eran una pandilla de amigotes.

Ha dejado de llover. Catarina atraviesa el asfalto y toma varias fotos en lo que parece un área de descanso. Luego dirige el objetivo hacia la marquesina y dispara de nuevo hasta que Abel se echa a un lado y decide cruzar la carretera.

79

Ella se sienta en un poyete. Abel la imita y se quedan mirando la vieja aduana.

—¿Qué coches llevaban?

—Un Opel y un Renault, ¿por qué?

—Intento imaginar la escena. Cuatro tipos con pinta de puteros cruzan la frontera diciendo que se van de juerga a Sevilla. Y lo que llevan en sus cabecitas son instrucciones para encontrarse con un líder político y con su secretaria, matarlos sin contemplaciones, enterrarlos de cualquier manera y deshacerse de los cuerpos con sacos de cal. Inquietante, ¿verdad?

—Imagínate que nunca se hubieran descubierto los cadáveres.

Catarina observa la marquesina hasta que un todoterreno de cazador se acerca a gran velocidad por la carretera dando un bocinazo intempestivo y pasándoles muy cerca. Reacciona con un sobresalto.

—¡Será gilipollas!

El cielo se está despejando y se dirigen al Clio. Catarina ya ha decidido instalarse en el lugar del acompañante y desde la ventanilla vuelve a disparar una ráfaga hacia la aduana. Luego parece buscar una foto en el visor y se la muestra a Abel. Es un primer plano suyo, hecho sin que se diera cuenta mientras estaban separados por la calzada. Abel, muy serio, aparece mirando hacia un lugar impreciso bajo la sombra de la marquesina.

—Retrato de un hombre en tierra de nadie —dice a punto de arrancar.

—¿Crees que volverán las fronteras?

—Las llevamos en nuestra cabeza.

—Bueno, a veces no están tan claras. —Catarina esboza una expresión traviesa.

—Esas son mis favoritas.

80 Mientras el coche emprende el camino hacia la capital pacense, Catarina le hace una seña para que se detenga unos instantes, como si acabara de tener una idea. Abel se desvía al arcén, la muchacha se baja rápidamente y aprovecha que no hay tráfico para plantarse en medio de la calzada empapada y hacer varias fotos de la línea de asfalto, que se aleja como un trazo húmedo y gris.

—El camino que siguieron los verdugos mientras iban a la caza de sus víctimas —dice al regresar al coche—. Voy a proponer que sea la primera foto del día. Ayer ya publiqué algunas desde Olivenza.

11

A medida que se acercan a Badajoz, Abel repasa mentalmente los lugares que visitó y las personas con las que habló para intentar reconstruir esas horas finales del general y su secretaria. Los camareros del hotel en el que pasaron su última noche y donde se habían citado con un grupo de supuestos colaboradores, el encargado de la oficina de turismo y el taxista que los llevó a varios lugares de la ciudad.

De nuevo rebasan el perfil del cementerio y, después de dejar el Clio en un aparcamiento, se detienen en un bar a comer un tentempié y se encaminan cuesta arriba hacia la plaza de España, con su hormigueo de comercios, funcionarios municipales y camareros maniobrando entre las terrazas.

—La calle Muñoz Torrero —dice Abel dirigiéndose a un callejón peatonal—. Ahí estaba el hotel Simancas, donde durmieron por última vez sin sospechar lo que se avecinaba.

Catarina saca la cámara, hace tres o cuatro tomas del rótulo de la calle y sigue a Abel durante un par de manzanas, hasta un edificio de viviendas. Nada indica que haya sido un hotel. La fachada es una muestra de arquitectura insípida y a pie de calle hay un local con el cartel de «Se alquila», accesible por una puerta en el chaflán.

Como ya le sucedió en el paso de San Leonardo, Abel

siente que algo chirría en los lugares que están visitando. Un vacío incongruente entre la vulgaridad de los escenarios y la magnitud de lo que pasó en ellos.

—Seguramente la entrada era por aquí —dice señalando el chaflán—, y en la planta baja estaría el comedor, donde se reunieron con quienes se supone que los iban a ayudar y que también se alojaban en el hotel. Una docena de personas, mujeres y hombres. Entre ellos, seguro que había colaboradores de la PIDE.

—¿Quiénes eran?

—Nunca se supo. El recepcionista no tomó nota de sus documentos de identidad.

—Eso es muy raro, ¿no?

—Sí, porque legalmente estaba obligado a hacerlo. Los hoteles tenían que abrir una ficha de cada huésped para el control de la Policía. Luego ya resultó imposible identificarlos. La mañana de los asesinatos todos se fueron precipitadamente.

Catarina se asoma a un escaparate del local en alquiler y Abel la imagina tratando de recomponer la escena. Los ruidos en el comedor de un hotel de tercera categoría, el chocar de los cubiertos contra la loza, las conversaciones en voz baja y el aroma de las soperas. Algo que difícilmente se asocia al ambiente de una conspiración.

—Lo único que sabemos es que eran extranjeros y que había algunos hombres morenos y de pelo rizado, con rasgos árabes. Seguramente mercenarios argelinos. La OAS ya había participado antes en un complot para matar a Humberto Delgado.

—¿Había portugueses?

—Sin duda.

El gesto de Catarina se vuelve más áspero. Parece inquieta y Abel percibe en esa inquietud algo que ya empieza a resultarle familiar: la sombra huidiza de Nuno.

—Hay un detalle curioso en la llegada de Humberto Delgado y Arajaryr al hotel.

—¿A qué te refieres? —Catarina sigue disparando su cámara de forma maquinal.

—En la recepción se comportaron como dos desconocidos y se registraron por separado. Ella con su nombre verdadero y él con pasaporte falso, a nombre de Lorenzo Ibáñez. Les dieron habitaciones en pisos diferentes. —Abel apunta a la fachada—. La de ella en el primer piso y la de él en el tercero.

—Espero que al menos pasaran la última noche juntos.

—Eso tampoco lo sabremos.

Abel emprende el camino de vuelta a la plaza de España y Catarina lo sigue tras hacer las últimas tomas de la calle, que ya cerca del mediodía empieza a animarse.

—Todavía hay algunos sitios por los que pasaron brevemente antes de que los asesinaran: Correos, la estación... Si quieres, nos acercamos.

—¿Tú crees que nos van a aportar algo?

Abel echa un vistazo al reloj.

—Poca cosa, así que te propongo que vayamos al lugar donde los esperaban para matarlos, de camino a Olivenza.

De nuevo en carretera y durante varios kilómetros, la música hace más evidente el silencio de Catarina, hasta que Abel vuelve a señalar a su izquierda, a un recodo junto al río Olivenza, flanqueado por grandes árboles.

—Es ahí.

Abel maniobra para cambiar de sentido y se mete en una pista que conserva islotes de asfalto. Sobre el río asoma un puente abandonado y cubierto de vegetación.

—Es lo que queda de la antigua carretera a Olivenza. Lo último que vieron Humberto Delgado y Arajaryr antes de darse cuenta de que habían caído en una trampa.

Nada más bajarse del coche, Catarina dispara su cámara hacia el puente. Abel le indica una senda que bordea un altozano rocoso.

—Los llevaron por ese camino y acabaron con ellos detrás del montículo. Sus asesinos tenían que conocer el lugar de antemano. Un escondite así no se encuentra por casualidad. Alguien les buscó un sitio que no se pudiera ver desde la carretera.

El paraje es una mezcla desangelada de rocas, escombros y vegetación rala. Un rincón inhóspito en el que sería fácil imaginar un homicidio pasional en plena posguerra o un asesinato por un antiguo conflicto de lindes. Pero no un crimen de Estado, que parece exigir un escenario más imponente.

—Qué sitio más anodino —comenta Catarina mientras toma fotos desde distintos ángulos, agachándose y tumbada en el suelo.

Un cielo de nubes algodonosas suaviza el horizonte y Abel permanece de pie, observando el paisaje en medio de un silencio alterado por el esporádico paso de algún coche. Alrededor, las únicas huellas humanas son los campos roturados y un caserón que asoma a lo lejos, aparentemente abandonado.

—El cortijo de los Almerines. —Abel mira hacia la construcción que corona el cerro—. En aquellos años estaba habitado.

—Y nadie vio ni oyó nada.

—Unos niños dijeron que habían visto dos coches y que al día siguiente encontraron un reguero de sangre y varios casquillos de bala. A mí sus testimonios siempre me han parecido muy inverosímiles. Si hubo balas, tuvo que haber disparos, pero a Arajaryr y a Humberto no los mataron a tiros. A ella la estrangularon y él tenía rotas las cervicales, le dieron un golpe en la base del cráneo.

Abel acompaña el relato con un gesto en su propia nuca. Antes de continuar, enciende un Coronas.

—Y los coches no podían estar solos en medio de la nada. También estaban las víctimas y la banda de asesinos, así que los chavales tuvieron que ver el instante de la agresión, o al menos los forcejeos. Sabían mucho más de lo que contaron.

—Me los imagino aterrados, escondiéndose y tratando de que no los descubrieran.

—Los habrían matado sin contemplaciones.

Catarina deja de disparar la cámara.

—¿Pudo haber alguien más?

—Tal vez. Pero todos los testimonios en el sumario coinciden en que aquí solo estuvieron Humberto, Arajaryr y los cuatro de la PIDE. Y en que los tipos metieron los cuerpos en los maleteros.

Catarina se sienta en una roca y observa las fotografías en el visor. Abel se pone en cuclillas a su lado. Las imágenes se suceden mostrando la desnudez del lugar, los matojos naciendo entre las piedras, algunos islotes de tres o cuatro árboles y la distante silueta del cortijo recortándose contra un cielo apacible.

—Creo que ya está —dice levantándose y tapando el objetivo.

Abel permanece unos instantes más en cuclillas, encadenado a ese sitio por una fuerza extraña. Ya lo ha visitado en otras ocasiones intentando evocar lo que sucedió y siempre ha tenido la incómoda sensación de imaginar una escena incompleta. Una obra a la que le faltan figurantes, cómplices o testigos en la sombra. Tal vez algún otro coche, fuera de la vista de aquellos muchachos asustados. O alguien vigilando.

Y no es el único que lo piensa.

—Puede que hubiera otros haciendo labores de apoyo.

85

Mi padre guardaba un artículo sobre un coche con matrícula extranjera que alguien quemó a las afueras de Badajoz. Los números del bastidor quedaron irreconocibles. Le habían prendido fuego para deshacerse de él sin dejar ni rastro.

De camino al Clio, Abel observa a Catarina de refilón intentando calibrar lo que sabe realmente. La muchacha se gira sobre sus pasos hacia el lugar de los asesinatos y hace dos o tres fotos.

—Son diferentes —dice como si se justificara.

—¿El qué?

—Las fotos que haces cuando llegas a un escenario y cuando te vas. Parece que nada ha cambiado, pero en realidad todo es distinto.

Se dispone a ocupar el puesto de copiloto y Abel la para en seco.

—Quedan pocos kilómetros a Olivenza, así que podemos intercambiar los papeles.

Ella asiente con resignación y se pone al volante. Abel baja la ventanilla mientras el Clio emprende la marcha.

—Aquellos días también se habló de otro coche. —La voz de Abel suena neutra, igual que el paisaje que se ve por la ventanilla—. Un Lincoln con matrícula yanqui. Lo estaban reparando en un taller de Badajoz y en el tapizado encontraron cabellos y manchas de sangre. Al dueño lo identificaron enseguida.

—¿Quién era?

—Un tal Tapiero. Vivía en Madrid, cerca de Cuatro Caminos, y los periódicos ni siquiera se pusieron de acuerdo en su nacionalidad. Unos decían que era marroquí y otros, estadounidense.

—¿Lo llegaste a conocer?

—No tuve el gusto, pero en la hemeroteca leí algunas noticias sobre su detención. Lo procesaron, pasó casi un año en la cárcel de Carabanchel y lo soltaron por falta de pruebas. Su abogado defendía que le habían robado el coche y que Tapiero no supo para qué se había utilizado. Hace pocos años una vecina de su edificio me contó que cuando salió de la cárcel se fue a vivir a Washington.

Catarina abre mucho los ojos por encima de las gafas de sol y él se limita a seguir observando por la ventanilla.

—En Internet he encontrado también algunas referencias a Tapiero —prosigue Abel—. En el 70 le pusieron una multa considerable por contrabando, casi medio millón de pesetas de la época. A él y a un portugués. Esta vez no lo detuvieron, oficialmente estaba en paradero desconocido.

—¿Qué tipo de contrabando?

—No eran de los que se jugaban la vida cruzando el río con mochilas a la espalda, eso seguro. Les decomisaron un Mercedes.

—Washington, contrabando y el asesinato de un general, qué cóctel más extraño —comenta Catarina antes de volver a su hermetismo y como si ya tuviera la cabeza en otro sitio.

12

La segunda jornada amanece con el cielo despejado y un destino mucho más incierto: acercarse al lugar donde fueron enterrados los cadáveres y tratar de averiguar la identidad de aquel hombre que había muerto en el mismo sitio y las mismas fechas, pero solo había merecido cuatro palabras de un vecino de Villanueva del Fresno, perdidas en el fárrago de declaraciones del sumario sobre Humberto Delgado.

A media mañana, Abel se ha citado en ese pueblo con Julián, un viejo contrabandista que se ha pateado todos los caminos prohibidos y podría aportar alguna pista sobre aquel episodio silenciado.

Antes de entrar en Villanueva del Fresno, ven asomar a lo lejos un silo gigantesco, como un incongruente rascacielos de muros ciegos. Catarina parece abstraída y Abel le sacude suavemente el brazo.

—Estamos llegando.

Pocos minutos después empiezan a callejear y, ya en el centro urbano, Abel hace una seña hacia un quiosco en medio de la plaza.

—Ahí hemos quedado con Julián.

—¿Crees que nos va a aclarar algo?

—No le he dado muchas pistas. Para evitar que desconfíe.

—Han pasado más de cincuenta años. ¿Todavía hay algo que esconder, a estas alturas?

Abel sonríe con desgana. Él se ha hecho la misma pregunta muchas veces.

—Es un pueblo y todo el mundo se conoce. Vaya usted a saber quién estuvo implicado. El silencio se hereda durante generaciones.

La plaza de Villanueva del Fresno está animada por pequeños grupos de vecinos que charlan repartidos en los poyetes. Bajo los árboles hay un par de adolescentes abstraídos con algún videojuego y una mujer entrada en años, pero la mayoría son hombres de edad imprecisa con la piel agrietada por el frío y el sol.

Desde la terraza, Abel los observa sin tener muy claro si se trata de jubilados o parados. Tampoco está seguro de que sea una escena apacible. No comparte esa visión idílica de la vida rural que defienden sus colegas y, cuando llega a un pueblo, siempre percibe una sorda tensión de rencillas enquistadas.

A diferencia de su ventanal en el Pepe Botella, en un pueblo nunca se sabe quién observa a quién, aunque seguro que la novedad de la mañana son Catarina y él, sentados en la terraza del quiosco con un café con leche, un agua mineral, una cámara y un móvil sobre la mesa, esperando la aparición de un viejo contrabandista que empieza a demorarse demasiado.

Julián los había citado a las once, ha pasado más de media hora y Catarina empieza a juguetear con su anillo. Abel finge tomárselo con calma, atento a los mínimos movimientos que se producen en la plaza, como un ballet ralentizado o una anomalía en el curso del tiempo. Un grupo de cinco jóvenes se sientan en una mesa cercana, sin despegarse de las pantallas de sus *smartphones*. Llevan pelo corto y se ve alguna barba, pero coinciden en las camisetas ajustadas y casi todos llevan gafas de sol, como si se recuperaran de la resaca después de una noche de farra.

Sobre la fachada ribeteada de rojo del Ayuntamiento, el reloj marca las doce menos cuarto y Abel está a punto de coger su móvil cuando ve llegar a un hombre grandullón que anda torpemente y algo encorvado. Han pasado seis o siete años desde la última vez que lo vio, pero lo reconoce de inmediato y el hombre le lanza un leve saludo con la mano.

—Ahí llega, por fin.

Julián se ha detenido junto a un grupo de tres o cuatro viejos y no parece tener ninguna prisa.

—Se lo toman con toda la calma del mundo —comenta Catarina—. Me recuerda mucho a los pueblos del Alentejo. Como un reloj parado.

—Yo que tú guardaba la cámara. Aunque solo sea para evitar suspicacias.

Ella le hace caso y poco después, Julián se acerca a la mesa. Abel se levanta rápidamente, lo saluda y le busca una silla. Mientras, el recién llegado tiende la mano a Catarina y los dedos de esta desaparecen en la palma resquebrajada del contrabandista, como si los engullera.

Visto de cerca, parece un gigante cansado y de movimientos torpes, pero su mirada es la de alguien que siempre ha vivido al acecho. Y que nunca baja la guardia.

—Pensábamos que ya no venías —dice Abel.

Julián saca un paquete de tabaco y se enciende un cigarrillo.

—Estaba liado con el huerto. Los de ciudad siempre andáis con prisas, por eso acabáis muriendo de un infarto.

—Tú en cambio no tienes mal aspecto. ¿Qué tal te ha ido estos años?

—No me puedo quejar, pero me gustaría jubilarme al-

91

guna vez. Además, ando un poco fastidiado de la espalda. Cualquier día no me levanto de la cama.

Abel se dirige a Catarina:

—Siempre dice lo mismo, pero le queda cuerda para rato.

—Ya veremos, tengo los huesos muy gastados y ya me toca descansar. —Julián se palpa los brazos—. Y tú otra vez escribiendo sobre Humberto Delgado. Parece que a ese no le dejas descansar nunca. ¿Qué mosca te ha picado ahora?

Catarina está a punto de intervenir pero Abel se le adelanta:

—Han pasado más de cincuenta años desde aquello y hay quien se acaba de enterar. Ya sabes cómo funciona la cosa, un día para recordar y cincuenta años para olvidar. Así nos va.

—¿Más de cincuenta años?, ¡joder! —gruñe Julián.

Abel hace un gesto hacia su acompañante e improvisa:

—Ella también es periodista y le interesa saber cómo era el contrabando en aquellos tiempos. Me acordé de ti porque quería hablar con alguien que conociera bien ese mundo. Que lo hubiera vivido al pie del cañón.

—Ya somos pocos. El mes pasado murió uno de la cuadrilla. —Julián señala al grupo con el que se ha parado a hablar—. Venía siempre con nosotros. Solo quedamos cinco o seis, y algunos ya tienen un pie en la tumba. También quedan un par de guardiaciviles de los que andaban vigilando los caminos, pero no vamos a los mismos bares.

—Queremos contar cuáles eran las rutas del contrabando —dice Catarina— y cómo pasaban la mercancía. En pocas palabras, cómo fue la vida en La Raya después de la guerra…

—Muy cabrona. —Julián da un par de caladas a su cigarrillo y observa a los jóvenes de la terraza, que tienen unas cervezas sobre la mesa y parecen seguir atentos a sus pantallas.

—¿Qué tipo de cosas traían? —pregunta Catarina.

—Al principio harina, legumbres, pan, aceite…, lo que fuera para matar el hambre. Y luego ya seguimos con tabaco, café, medicinas… en mochilas de más de treinta kilos. Todos hemos terminado doblados. Veníamos cargados como mulas.

—Y jugándose la vida.

—Usted es portuguesa, ¿verdad?

Catarina asiente y se explaya en la explicación:

—Mi familia era de Elvas, en aquellos años mis abuelos eran agricultores. Luego mi padre se fue a Lisboa, aunque nunca perdió el contacto con su tierra. Yo también he estado en Elvas, pero ya no me quedan parientes allí.

—Bonita ciudad, sí, señor. Tengo viejos compañeros de correrías y a veces les hago una visita.

Ella se endereza en la silla y Julián reclama la atención del camarero, un joven con los brazos y el cuello llenos de tatuajes.

—¡Ponme lo de siempre!

—Luego nos vamos a acercar al camino de Los Malos Pasos —interviene Abel—. A Catarina le ha gustado mucho el nombre, dice que parece el título de una novela.

—Aquella vida sí que parecía una novela —dice Julián con un deje de nostalgia—. Antes conocía ese camino como la palma de la mano, pero hace mucho que no voy por allí. Me han dicho que últimamente hubo muchas autoridades haciéndose fotos donde enterraron al general y a la señora.

—Arajaryr Campos —dice Catarina.

—Una brasileña, ¿no?

El camarero llega con un vaso largo y lo deja sobre la mesa. Es una bebida de cola con cubitos de hielo, pero no está claro si lleva alcohol. Julián se dirige al muchacho:

—¡A ver cuándo te quitas esos garabatos! ¡Así no te vas a echar nunca novia!

El otro se aleja con expresión indiferente.

—¡Estos inútiles! ¡Ya me gustaría verlos saltando cercas en plena noche y escapándose de la Guardia Civil!

—Escucha, Julián —Abel baja la voz—, queríamos preguntarte por algo que pasó en aquellas fechas.

El contrabandista se enciende otro cigarrillo con la colilla del primero. No parece cómodo con los jóvenes de la mesa cercana, que bromean entre ellos.

—A esos no los conozco de nada —dice señalándolos con la cabeza.

—Mirando los papeles de lo de Humberto Delgado —prosigue Abel—, me encontré con la declaración de un vecino de aquí, de Villanueva, que decía que en febrero habían matado a alguien más. ¿Tú sabes a qué se refería?

Catarina está a punto de hacer girar su anillo, pero se detiene en seco. Julián se entretiene en remover los cubitos de hielo.

—¿Qué vecino dijo eso? —La voz de Julián trasmite desconfianza.

—No recuerdo su nombre, pero ¿qué más da quién fuera? ¿Pasó algo? ¿Alguna muerte violenta de la que no se dijo nada?

—¡Joder!, ¡aquí se han dicho muchas tonterías sobre lo de Humberto Delgado!, ¡ya es imposible saber lo que es verdad y lo que es mentira!

—Julián, fueron unas declaraciones ante el juez. Ese vecino estaba bajo juramento, así que no creo que se atreviera a mentir.

—Pues yo te digo que casi nos echan la culpa a nosotros de los asesinatos del general y la brasileña. —El viejo baja la voz—. ¿Por qué crees que los enterraron de mala manera en Los Malos Pasos? Porque querían convertirlo en un asunto de contrabandistas.

—Eso es absurdo —Abel intenta calmarlo—, quienes los mataron no tenían ni idea de que aquello era un camino de contrabandistas.

—Te digo que no fue por casualidad que los dejaran allí. A lo mejor los portugueses sabían mucho más de lo que parece y alguien les tenía muy bien informados.

—O simplemente los enterraron ahí pensando que no los iban a encontrar nunca —insiste Abel.

Julián echa un trago largo a su vaso.

—Escucha, sabelotodo, sobre lo que me has preguntado, lo del vecino que declaró ante el juez. Una semana antes de que enterraran al general y a la señora hubo otro muerto allí mismo.

—¿Cómo murió? —pregunta Catarina.

El hombre escudriña la plaza. Luego echa un nuevo trago y se recuesta en su silla, dejando la conversación en el aire.

—Cuente lo que cuente, su nombre no va a aparecer en ningún sitio —remarca Catarina con una voz casi inaudible—, se lo juro.

Los ojos de Julián se han convertido en dos ranuras.

—Usted no sabe lo que es un pueblo.

Abel decide sacar su cuaderno de notas y se expresa con dureza:

—Lo vamos a averiguar de todas formas, pero siempre me fiaré más de tu versión. Al fin y al cabo, nunca me has mentido.

Julián vuelve a mirar a su alrededor, como un animal atrapado.

—Y ya no podremos evitar que todo el mundo piense que nos lo has contado tú —remacha Abel muy serio, señalando a los lugareños y con el cuaderno preparado—. Así que haz lo que te parezca.

—Eso es una cabronada.

Abel finge tomar un sorbo de su taza, aunque lleva un buen rato vacía.

—Aquel año, a comienzos de febrero hubo una batida de la Guardia Civil y mataron a un hombre a tiros. Allí mismo, en Los Malos Pasos —dice Julián a regañadientes y bajando mucho la voz—. Yo creo que fue un asesinato porque iba desarmado…

—¿Se sabe quién era? —pregunta Catarina.

—Lo llamaban Botello.

—¿Botello es un mote o un apellido? —dice Abel.

—No sé, no era de aquí.

—¿Qué edad tenía? —Catarina deja traslucir su angustia y Julián la observa con recelo.

—No lo sé, señorita. No era de los míos.

—Al menos sabrás qué pasó —interviene Abel.

96

El contrabandista desvía la mirada hacia los jóvenes, que mantienen una acalorada discusión sobre fútbol.

—Eran las tantas de la noche y caía un aguacero, pero los civiles estaban al acecho. Seguramente habían recibido un chivatazo. Eran unos cuantos y esperaban a una cuadrilla de jinetes que venía de Portugal.

—¿Gente de aquí? —continúa Abel manteniendo la presión.

—Los civiles habían salido de Olivenza y del cuartel de Los Llanos, pero casi todos los jinetes eran de Higuera de Vargas. Parece que venían con un cargamento de café.

Julián le hace un gesto al camarero.

—¡Ponme otro!

Catarina se revuelve en la silla. Abel no aparta los ojos del contrabandista.

—¿Por qué les dispararon?

—Según he oído, los jinetes venían saltando cercas desde la frontera y cuando llegaron a Los Malos Pasos, la Guardia Civil les dio el alto en un sitio que llaman el Sesmo de Hernández, pero el tal Botello no se detuvo y se llevó la peor parte. Le dieron al caballo y, cuando cayó derribado, dispararon al jinete. Ocho o nueve tiros. No tuvieron compasión.

El camarero llega con un nuevo vaso y retira el vacío. Catarina y Abel están demudados y el muchacho se entretiene en limpiar la mesa.

—¿Quieren algo para picar?

Los tres se ven sorprendidos por su presencia. Julián le hace un gesto y el camarero se vuelve al quiosco rezongando.

Abel retoma su cuaderno de notas.

—Así que murió allí mismo.

—Lo dejaron malherido y tirado como a un perro. Alguien que había oído los disparos lo recogió y se lo llevó a Badajoz en un carro, pero no llegó vivo al hospital.

—¿Tú no lo conocías?

—No. Nosotros éramos mochileros, hacíamos el contrabando a pie, y ellos iban a caballo. Cada uno teníamos nuestras rutas y no solíamos coincidir.

—¿Por qué crees que lo mataron?

—Hay quien dice que se la tenían jurada. Los jinetes usaban trucos para enseñar a los caballos a escapar de los civiles y los habían dejado en ridículo muchas veces. Eso empezó a crearles muy mala sangre. Querían dar un escarmiento y sacarse la espina.

—¿Botello podría ser portugués? —prosigue Abel bajando también la voz.

Julián se encoge de hombros pero añade:

—No tengo ni idea. Esos días hubo muchos rumores sobre el asunto, pero nadie quiso preguntar más de la cuenta.

Abel mira a Catarina invitándola a intervenir. Ella mantiene su mutismo.

—¿Quién pudo dar el chivatazo?

—Eso nunca se sabrá. —Julián empieza a acusar los efectos de la bebida—. En los grupos siempre podía haber algún traidor que colaboraba con los civiles a cambio de quedarse con parte de la carga. Cabrones hay en todas partes. Y entre los contrabandistas también.

—He consultado los periódicos de esos días y no se publicó nada de aquello, ni en la prensa de Madrid ni en la de Badajoz —comenta Abel.

—¡Joder!, ¡hostia!, ¿y tú eres periodista? —Julián controla el tono a duras penas—. ¡Entonces estaba Franco y no se publicaba nada sin su permiso! Una semana después pasó lo de Humberto Delgado y les vino de perillas. Borrón y cuenta nueva.

—Si no se publicó nada, los asesinos de Humberto Delgado tampoco sabían lo del jinete muerto… Lo de enterrarlos en Los Malos Pasos pudo ser una simple casualidad.

El contrabandista resopla.

—Una casualidad, por los cojones. Los chivatos también informaban a los *guardinhas* portugueses, que eran peores que los guardiaciviles. Los *guardinhas* protegían a los terratenientes y estos estaban a partir un piñón con los mandamases del Gobierno. Así que en las alturas se enteraban absolutamente de todo. A este lado y al otro.

Julián mira en dirección a sus viejos colegas. Uno de ellos parece hacerle una seña, como si le preguntara qué pasa.

—Es todo lo que os puedo contar. Y ya me he ido demasiado de la lengua.

Abel cierra su cuaderno, seguro de que el contrabandista ya no va a decir nada más.

Este da un último lingotazo, se pone de pie con dificultad y Catarina se levanta para sujetarlo por un brazo. El viejo se agarra al respaldo de la silla hasta que recupera la estabilidad.

—Gracias, señorita.

Echa a andar hacia el corrillo de sus amigos y Catarina se queda de pie, con la mirada fija en su espalda encorvada, hasta que el viejo se gira.

—Ya han removido bastante la mierda. Vuélvanse a Madrid y dejen a los muertos en paz.

13

*L*a conversación con Julián no les ha aportado grandes pistas. Solo un nombre, Botello, que ni siquiera saben si es un apodo. Y también la alusión al pueblo del que procedían la mayoría de los jinetes que cayeron en la emboscada de la Guardia Civil.

Cuando dejan atrás Villanueva del Fresno, Abel tiene la sensación de haber asistido al relato de una ejecución extraoficial o de una partida de caza, y Catarina se siente acuciada para cumplir cuanto antes su compromiso con el periódico: mandar las fotos y un breve relato del lugar donde aparecieron los cadáveres de Humberto Delgado y Arajaryr Campos. Pero lo que más le urge es desvelar la identidad del jinete asesinado en Los Malos Pasos.

El coche transita por una carretera estrecha y llena de curvas y Abel se mantiene muy atento. A los lados asoman construcciones abandonadas y fincas con pequeñas piaras de cerdos. Pasados unos kilómetros, ven una larga alameda que parece bordear un riachuelo. Abel reduce la marcha.

Desde la carretera sale una pista de tierra ablandada por la lluvia, y junto a ella una placa indica que el monumento a Humberto Delgado está cerca.

—Ahí tienes el camino de Los Malos Pasos. —Abel

está a punto de enfilar la pista con el Clio cuando lo detiene la voz apremiante de Catarina:

—¡Para, por favor!

Sobre el asfalto yace el cadáver de un animal. Parece un gato grande con el pelo claro cubierto de rayas negras y una larga cola listada. Ha muerto golpeado por algún coche, pero el cuerpo está intacto y todavía conserva su belleza salvaje.

Catarina se baja y se dirige hacia él a paso ligero. La carretera está desierta y le da tiempo a cogerlo por la cola y dejarlo sobre el arcén, colocándolo como si lo preparara para una sesión fotográfica. Abel, atónito, la observa desde el volante, y ella regresa al coche después de hacer un par de fotos.

—Un animal precioso. En Portugal lo llamamos gineta. No sé cómo se dice en español.

—Igual —responde Abel aún con cara de perplejidad.

—No puedo dejar que los coches le pasen por encima. No soporto ver animales aplastados en la carretera.

Abel aparca el Clio junto al camino de Los Malos Pasos y recorren a pie la pista de tierra, bordeando la alameda hasta llegar a un pequeño claro. Varias placas conmemorativas y un monumento de apariencia megalítica indican el paraje donde se descubrieron los cuerpos.

Los dos permanecen callados como si el lugar impusiera un voto de silencio, roto únicamente por el trino desenfadado de los pájaros y una brisa frágil que zarandea las hojas de los álamos. Enseguida se suman los clics incesantes de la cámara de Catarina, que se mueve febrilmente de un lado a otro.

Abel ya ha estado en otras ocasiones, pero igual que le sucedió la víspera frente al cortijo de los Almerines, no puede evitar que su imaginación lo lleve cincuenta y tantos años atrás. Esta vez, al momento en que los cuatro asesinos cavaban unas sepulturas de forma tan chapucera que parecían comportarse sin miedo a ser descubiertos.

Catarina regresa a su lado con cara de pocos amigos.

—No veo la menor alusión a Arajaryr. En todas las placas se habla del general, como si solo hubieran encontrado su cuerpo.

—La corrección política ante todo. Era su amante.

—Me parece una falta de consideración. También era su secretaria, y estuvo a su lado hasta el final.

—Su secretaria y su amante —insiste Abel.

—Llevaba años separado. Tenía derecho a una vida amorosa, ¿no?

—Ya sabes cómo son los héroes…, no se les permite ser tan humanos como nosotros. —Abel se acerca a las lápidas—. No tienes más que leer los epitafios.

Ella busca nuevos encuadres con el objetivo, evitando las placas conmemorativas y mostrando el escenario desnudo. 103

—Me parece que sobran. Habría bastado que señalaran el lugar y lo hubieran dejado tal como estaba. Sin tantas dedicatorias. He visto frases menos tópicas en muchas pintadas.

—Señales de vida inteligente. Eso me recuerda a Gonzalo —dice Abel.

Catarina hace como si no hubiera oído, se aleja un poco y otea el trazado de la pista, que parece perderse entre grandes fincas de encinar y toscos cercados de piedra. Entonces señala el horizonte.

—¿Adónde va a parar el camino?

—Cruza varios latifundios y termina en Portugal. La Raya aquí está a poco más de tres kilómetros —responde Abel.

—¿Tú crees que los de la PIDE lo sabían?

—Quizás, pero con los vehículos que llevaban no podían pasar. Son caminos estrechos y bastante malos.

—Ayer dijiste que apareció otro coche averiado en un taller de Badajoz. Y también está el que quemaron...

—Ya.

Catarina sacude la cabeza.

—No entiendo por qué los enterraron aquí.

—Nadie ha sabido explicarlo todavía. A lo mejor Julián tiene razón y sabían que era una ruta de contrabandistas.

A punto de irse, Catarina repite el ritual de hacer nuevas fotos. Esta vez se sube a una pared de piedra y enfoca en todas las direcciones, incluyendo la pista que se pierde en el horizonte.

—Los Malos Pasos. Voy a proponerlo como título del próximo reportaje —dice ya camino del coche.

—Suena como una advertencia de lo que no conviene hacer. Cerca de Badajoz está el cordel de los Maloscaminos, al borde del Guadiana.

—Esas rutas tenían que estar muy vigiladas.

—La Guardia Civil las peinaba continuamente. Las recorrían durante todo el día. Había varios puestos que eran como pequeños cuarteles y ahora están en ruinas. El más próximo estaba allí —Abel hace un gesto en dirección a una colina cubierta de arbolado—, a menos de un kilómetro, el puesto de Los Llanos, el que nos ha mencionado Julián. Si quieres, nos acercamos, quedan cuatro paredes pero son unas ruinas muy fotogénicas.

Entonces oyen el ruido inconfundible de un motor que arranca y unas ruedas patinando sobre el asfalto. Desde donde están no ven ningún automóvil, pero los dos salen corriendo instintivamente hasta alcanzar el Clio. Aún sin resuello, descubren que alguien ha dejado la gineta muerta sobre el capó. Le han aplastado la cabeza.

Catarina vuelve a cogerla por la cola, esta vez con rabia, dejando un reguero de sangre sobre el capó.

—Desgraciados.

Abel barrunta que no es una simple gamberrada de mal gusto.

—Llevas un par de días publicando las fotos en el blog...

—Sí.

—Pues a algunos no les están gustando.

14

$\mathcal{A}$bel y Catarina regresan a Villanueva del Fresno con una pesada sensación de inquietud, que aumenta cuando bordean la plaza y observan que la terraza en la que han estado con Julián ha quedado completamente desierta.

—Me estoy acordando de nuestros vecinos de mesa —comenta Abel lacónicamente.

Catarina se limita a girar su anillo, en silencio, mientras el coche cruza el pueblo, que parece haber caído en una especie de sopor. Es la hora de la siesta y solo encuentran un bar abierto en el que dan rápida cuenta de un par de raciones.

A la salida del núcleo urbano, Abel da un giro y entra por un camino de tierra.

—Si quieres, hacemos una visita al cementerio. Además del nicho donde estuvo el general, ahí estaba la sala donde practicaron las autopsias de los dos cadáveres. A tu jefe no le molestará un poco de morbo.

Catarina coge la cámara y Abel detiene el Clio junto a una arboleda, a las puertas del camposanto. Unos cuidados macizos de flores adornan la entrada, donde trastea un hombre mayor, entretenido en regarlas con una lata, como si estuviera a la puerta de su casa. Los mira con curiosidad y se fija en Abel.

—No es la primera vez que viene por aquí, ¿verdad? —Su voz es ronca, de fumador.

Abel le tiende la mano.

—He estado en un par de ocasiones. He escrito sobre Humberto Delgado y ya hablé con usted. Veo que tiene buena memoria.

—Me sonaba su cara. —El sepulturero dirige su atención a Catarina.

—Es una fotógrafa portuguesa —aclara Abel—, está haciendo un reportaje sobre los lugares donde pasó todo. Y no podía faltar el cementerio.

El hombre mira orgulloso hacia las tumbas.

—Antes venían muchos compatriotas suyos a visitar la sepultura. Estuvo allí muchos años —dice señalando una pared de nichos—. Incluso cuando se lo llevaron a Portugal, seguían viniendo periodistas y gente con estudios.

—¿Cuándo trasladaron los restos? —pregunta Abel.

—La mañana del 23 de enero de 1975. Hacía un frío de cojones, que me perdone la señorita.

Catarina saca la cámara.

—¿Le importa?

—No se preocupe, aquí no va a protestar nadie —masculla el sepulturero al tiempo que se vuelve a sus macizos—. Eso sí, procuren no pisar las tumbas, hay algunas lápidas rotas. La gente ya no se acuerda ni de sus muertos.

Abel conduce a Catarina al que fue el nicho del general y luego frente a una pequeña nave, a un costado del cementerio. Es una sencilla construcción encalada convertida en almacén.

—Aquí se hicieron las autopsias y no debió ser precisamente agradable. Yo he visto las fotografías del sumario y no se las recomiendo a nadie. El forense tardó varias horas porque, entre los estragos de la cal y de los animales, los cuerpos estaban irreconocibles.

—Pues los identificaron enseguida —apostilla ella enfocando la cámara al almacén y disparando tres o cuatro fotos.

—En un tiempo récord. Los cadáveres aparecieron un viernes y al lunes siguiente ya los habían enterrado aquí. Eso demuestra que la Policía española supo quiénes eran desde el primer momento. Enviaron desde Madrid a los mejores especialistas de la Brigada de Investigación Criminal y de la Político-Social. Además, el cementerio estuvo tomado por la Guardia Civil varias semanas. A la prensa le prohibieron el paso y ni siquiera podía entrar la gente del pueblo, salvo que hubiera un entierro. Fueron los muertos más vigilados del país.

Abel ha tomado asiento en una lápida de apariencia sólida, con aspecto de pertenecer a alguna familia rica. Sobre el mármol hay un ramo de rosas de plástico.

—Luego estuvieron varias semanas mareando la perdiz. Imagino que trataban de ganar tiempo para decidir cómo manejaban el asunto.

—Mi padre decía que las dictaduras mienten con mucho aplomo.

—No solo las dictaduras. Ahora lo llaman *fake news.* —Abel juguetea con las rosas de plástico y se guarda una en el bolsillo.

Catarina lo mira con expresión divertida.

Sobre sus cabezas, el cielo se ha ido cubriendo. Un trueno anuncia lluvia inminente y se disponen a salir del cementerio.

Empiezan a caer gruesas gotas y ella vuelve sobre sus pasos para disparar una última ráfaga. Cuando regresa, ya tiene el pelo húmedo y busca cobijo junto a Abel, que se protege bajo un voladizo. A pocos metros, el sepulturero observa las flores que acaba de regar, golpeadas por la lluvia.

109

Abel se le acerca, saca su paquete de Coronas y le ofrece. Catarina se suma y, al cabo de unos instantes, los tres fuman tranquilamente mientras la tormenta martillea sobre sus cabezas. El viejo echa una ojeada al cielo.

—Es una nube, se pasará enseguida.

Abel no parece muy convencido.

—Nos vamos de todas formas —dice tendiéndole la mano—. Quizás nos volvamos a ver.

—La próxima vez yo estaré ahí —el sepulturero señala las tumbas y luego muestra el cigarrillo—, y esto habrá tenido la culpa.

—Si lo sé, no le ofrezco.

—Como decimos por aquí, para lo que me queda en el convento.

Abel está a punto de echar a correr hacia el coche y Catarina lo frena al tiempo que se dirige al viejo:

—En esos días en que mataron al general y a su secretaria, ¿recuerda usted si hubo algún otro entierro?

El hombre la mira con extrañeza.

—Este es un pueblo grande. Todos los meses había alguno, y en esa época la gente no vivía muchos años. Todavía se pasaba hambre.

—Me refiero a una muerte violenta. Tal vez un contrabandista, o un prófugo. Nos han hablado de un tal Botello.

El gesto del sepulturero se vuelve desconfiado.

—Ha pasado mucho tiempo. No puedo recordarlo todo.

Abel sale en ayuda de Catarina:

—¡Vamos!, ¡ha demostrado usted tener muy buena cabeza!

—Hay cosas que prefiero olvidar —zanja tirando la colilla en un charco—. Aprovechen, que parece que ha escampado un poco, estas nubes son muy traicioneras.

Catarina parece contrariada y Abel la coge del brazo.

La lluvia cobra fuerza y ambos salen disparados hasta el coche. Ya dentro, Abel se saca la rosa de plástico del bolsillo y la tira por la ventanilla.

—Un caso típico de memoria selectiva —dice arrancando.

A sus espaldas oyen gritar al sepulturero:

—¡Busquen en el cementerio de Higuera de Vargas!

La memoria sepultada

*D*esde la terraza observo el paisaje de Olivenza y siento que tiene algo en común con los que veo desde mi mesa de trabajo o desde el Pepe Botella. Tal vez su fragilidad. La certeza, o peor, la incertidumbre, de que esos campos de cultivo queden sepultados cualquier día bajo edificaciones insignificantes. De la misma forma que alguna mañana, al asomarme a la calle, tal vez descubra los alcorques vacíos por obra de algún alcalde con tendencias arboricidas.

Hay una especie de conjura universal a favor del olvido. Una tenaz vocación de destruir todo aquello que ofrezca amarres a nuestra memoria, hasta dejarla como una balsa a la deriva. Un afán de borrar indicios, anegar recuerdos, arrasar territorios y condenar edificios a la ruina. Un propósito más o menos deliberado de que todos caigamos en una forma de amnesia y un estado de desamparo del que no somos conscientes. Y a veces también hay una voluntad de intimidar, como la de esos malnacidos que nos han dejado su firma en el camino de Los Malos Pasos.

Todo lo que me rodea tiene fecha de caducidad. Al volver a los escenarios del asesinato de Humberto Delgado y Arajaryr Campos, me parece estar visitando lugares que se desvanecen. Rincones cuya historia se diluye y que algún día nadie recordará. Quizás, dentro de pocos años, solo los recuerde esta muchacha que busca alivio para una profunda herida familiar, ignorando si acabará por cauterizarla o ahondará aún más en ella.

No hay historias mayores y menores. Solo hay historias documentadas, impresas en papel, y episodios escritos en el agua o nunca escritos, como el de ese jinete ejecutado sumariamente por un destacamento de la Guardia Civil. ¿Se le recuerda en algún sitio? ¿Tiene algún familiar esperando un mínimo acto de justicia?

Al acercarme al cuartel de Los Llanos, hace ya bastantes años, no sabía nada sobre el hombre abatido a tiros en el camino de Los Malos Pasos, pero recuerdo el lugar con un extraño desasosiego. Me sorprendió el estado de abandono del edificio, invadido por la maleza, que iba apoderándose del patio y desdibujando su contorno, cubriendo los caminos de acceso y trepando hasta las ventanas, cerradas a cal y canto, como si la vegetación cumpliera la tarea de borrar las huellas de un delito. Tuve que saltar vallas y adivinar senderos hasta descubrir las construcciones medio escondidas entre los árboles.

Buena parte de lo que sucedió hace más de cincuenta años en esta zona de La Raya, como en cualquier otra, ha sufrido la extirpación de ese lóbulo donde se localiza nuestra memoria. Si todavía quedan testimonios de la gente que vivió aquellos crímenes, será por poco tiempo. La muerte se ocupará de disolverlos, y el resto del trabajo sucio se lo dejaremos a la furia de las zarzas, a las inclemencias del tiempo y también a la naturaleza invasora del agua, que ha inundado la comarca hundiendo su historia en las profundidades.

Tras construir el pantano de Alqueva y convertir el Guadiana en un inmenso estanque de recreo, los expertos advirtieron que harían falta cartas de navegación para que las embarcaciones sortearan lo que había quedado sumergido. Molinos, diques, bosques de ribera, casas de pescadores y pequeños saltos de agua, escondidos en la opacidad cenagosa del embalse. Igual que los escenarios del contrabando, los lugares de paso, los vados y los embarcaderos, muchos de ellos desaparecidos para siempre o arrinconados como viejas fotos en alguna tesis doctoral. El agua, convertida en una materia infalible para emborronar el pasado.

Tenía razón Aldo Chagas, el padre de Catarina. La verdad no está solo en los grandes acontecimientos, también se esconde en los detalles menores. Pero qué más da si, en uno y en otro caso, mantenemos esa frágil voluntad, ese silencio impuesto bajo amenazas o esa vocación perseverante de olvidarlo todo.

115

15

Sin mediar palabra y de forma tácita, han decidido comenzar el día haciendo una escapada hasta Higuera de Vargas para completar el relato sobre el jinete asesinado. La carretera desde Olivenza tiene largos tramos rectos y Catarina viaja de nuevo con los ojos entrecerrados. Abel aparta la vista del asfalto de cuando en cuando, le lanza miradas furtivas y trata de imaginar lo que se le está pasando por la cabeza.

Los testimonios de Julián y del sepulturero en Villanueva del Fresno han cerrado algunos interrogantes y han abierto otros. Igual que el camino de Los Malos Pasos, conducen a un horizonte impreciso, añadiendo confusión al hallazgo de los cadáveres de Humberto Delgado y Arajaryr Campos. De repente, un sendero de contrabandistas ha pasado a convertirse en escenario de tres homicidios con muy pocos días de diferencia. Los del general y su secretaria tardaron años en resolverse. Quizás nunca se aclararán del todo. Pero la atroz muerte del jinete ha permanecido oculta hasta ayer mismo, como los secretos que dormitan bajo la postal apacible de una plaza de pueblo.

Abel se pregunta cómo un crimen así pudo ser acallado con tanta eficacia y si, tal como sostiene Julián, los tipos de la PIDE conocían el uso de aquel camino. Quizás todo fue una casualidad, pero mientras continúa aferrado al volante, Abel sospecha que Catarina se siente asaltada por las mismas dudas y por la desazón que les ha dejado el episodio de la gineta sobre el capó, como un aviso sofocante.

El Clio está a punto de tomar el desvío a Higuera de Vargas y Abel decide cambiar de tercio, lo detiene en el arcén y señala la fortaleza de Alconchel, encaramada sobre un cerro cercano.

—Antes nos pasábamos la vida vigilándonos mutuamente. En La Raya hay un castillo tras otro, la convertimos en una línea fortificada.

Catarina se despereza.

—En Portugal siempre hemos tenido motivos para desconfiar. Mi padre me contó que hasta los falangistas presionaron a Franco para que nos invadiera. Nuestra neutralidad con Hitler los ponía nerviosos, y eso que solo era aparente.

118

—Casi tan aparente como la de Franco. ¿Qué pensaría tu padre si nos viera en este momento? ¿Un periodista español sesentón acompañando a su hija y husmeando en los secretos de la familia?

—Supongo que te lo agradecería.

El sonido de un mensaje interrumpe la conversación y Catarina mira su móvil consternada.

—Me acaba de llegar por Messenger.

Abel lee un mensaje de texto: «Queremos que os llevéis un recuerdo», acompañado de una breve grabación, con un fondo de risotadas, en la que se ve cómo alguien deja caer una pesada piedra sobre la cabeza de la gineta, junto al camino de Los Malos Pasos.

—Cabrones —dice Abel arrancando con furia.

Un silencio plomizo vuelve al interior del coche y Abel tarda en reaccionar:

—¿No se puede saber quién envía un mensaje así?

La respuesta de Catarina suena contundente:

—Imposible, esta gente siempre utiliza identidades falsas. Son expertos en el manejo de Internet y no hay forma de rastrear sus cuentas. Lo que no sé es a qué juegan en este caso.

—Ya lo dijo Julián, estamos removiendo la mierda.

Durante los kilómetros que faltan, Catarina mantiene una expresión taciturna hasta que Higuera de Vargas asoma recostada en la falda de un cerro.

Abel va frenando a la entrada del pueblo y se desvía hacia el cementerio.

—Cualquiera diría que estamos haciendo una ruta necrófila —intenta bromear mientras deja el coche en un descampado.

Una pesada puerta de hierro protege la entrada. Está entreabierta y Abel la empuja con dificultad. Catarina lo sigue y entran en el recinto de tumbas y nichos, que baja en una larga pendiente, amoldándose a la inclinación del terreno.

A pocos metros, una mujer de unos sesenta años, de luto riguroso, parece rezar junto a una lápida en la que destaca la foto de una joven. Es una tumba muy cuidada y llena de flores recientes. Abel se le acerca. Ella interrumpe sus oraciones con un ademán suspicaz.

—Buenos días, señora.

La aludida responde con un leve movimiento de cabeza.

—Perdone que la moleste. Veníamos buscando la tumba de un hombre al que mataron hace muchos años en Villanueva del Fresno. Lo llamaban Botello o algo parecido.

—Ustedes no son familiares suyos, ¿verdad?

—No. Yo soy historiador y estoy escribiendo sobre el contrabando en La Raya.

La mujer vigila a Catarina, que curiosea entre las lápidas.

—Es la fotógrafa —aclara Abel.

Se santigua y les hace un gesto para que la acompañen hasta una hilera de nichos. Allí se detiene y señala una lápida en lo alto.

Sobre el mármol figura un nombre que no admite dudas y una sencilla dedicatoria. Abel la lee en voz alta.

—Miguel Botello Lozano. Falleció el 4 de febrero de 1965 a los 43 años. Tu esposa e hijos no te olvidan.

—Le dispararon pasando la frontera a caballo. Solo porque quería dar de comer a los suyos. La gente se dedicaba al contrabando para no morirse de hambre, y ya ve…

Catarina observa la lápida en silencio, visiblemente decepcionada.

—Los higureños tenían fama de ser muy buenos jinetes —continúa la mujer—. Habían aprendido a saltar los cercados y podían venir cruzando fincas desde Portugal, campo a través.

—¿Usted estaba en el pueblo por aquel entonces?

—Era una niña, pero recuerdo aquel día como si fuera ayer. La hija de Miguel ya era una moza y esa mañana llevaba en brazos a su hermano, un crío de dos años. De repente los vecinos salieron gritando que habían matado a su padre y la chica echó a correr hacia su casa como una loca, llevando al niño en volandas. Nunca olvidaré sus caras.

Abel vuelve a leer el epitafio:

—Falleció… Cualquiera diría que murió de muerte natural…

—Usted ya sabe cómo eran esas cosas.

Catarina parece caer en la cuenta de que lleva la cámara al hombro y dispara un par de fotos a la lápida.

—¿La hija de Botello vive? —pregunta Abel.

La mujer responde con un gesto afirmativo.

—Pregunten por Joaquina, todo el mundo la conoce. Ahora mismo seguramente la encontrarán en casa. Vengan y les indico por dónde cae.

Abel y Catarina la siguen en silencio hasta la puerta del cementerio y pasan junto a la sepultura que estaba cuidando.

—Usted me recuerda a mi hija —le dice a Catarina señalando la lápida—, a ella también le gustaba mucho la fotografía. Murió hace diez años en un accidente de moto, y desde entonces no le han faltado flores.

—Lo siento —murmura Catarina.

Al llegar junto al Clio, la mujer les indica el camino y vuelve a entrar en el cementerio, cerrando la puerta con dificultad. Catarina la ve detenerse de nuevo frente a la tumba de su hija, como si ellos ya hubieran dejado de existir.

Abel se pone al volante sin caer en la cuenta de que, esta vez, Catarina no ha vuelto sobre sus pasos para hacer nuevas fotos.

—¿Cuántos crímenes de aquellos años no conoceremos nunca? —comenta mientras enfila el coche hacia el pueblo.

Ella guarda la cámara en la mochila con la cara contraída.

Abel se echa a un lado de la calzada, detiene el coche en seco y coge un paquete de Coronas torpemente, sin saber qué hacer.

—Estamos como al principio. Si quieres, dejamos la visita a Joaquina para otro momento.

—Ya se me pasará.

—No tenemos por qué seguir aquí. —Abel abre el paquete y le ofrece a Catarina, que se deja encender el cigarrillo y le da una calada fuerte.

—Convenceré al periódico de que hemos aclarado un homicidio sin resolver. Supongo que solo por eso el viaje ha merecido la pena.

Abel vuelve a arrancar y sigue las indicaciones de la

mujer del cementerio. Minutos más tarde, está llamando al timbre de una casa muy sencilla, al comienzo de una cuesta que parece llevar al centro del pueblo.

Abre la puerta una mujer delgada, de edad imprecisa.

—¿Joaquina? —pregunta Abel.

—Sí, soy yo, ¿qué quieren? —La voz de Joaquina es grave y conserva un acento muy cerrado.

Abel le tiende la mano.

—Estamos rescatando historias de la frontera, de hace muchos años. Parece ser que su padre murió…

Joaquina lo corta en seco:

—Murió no, lo mataron.

Abel asiente. Joaquina los examina de arriba abajo y finalmente los invita a pasar y los conduce al fondo de la casa, donde se abre un pequeño patio cubierto y lleno de flores.

—Estaba a punto de irme y tengo un poco de prisa, pero ustedes dirán. ¿Quieren tomar algo?

—Un vaso de agua, si es tan amable —interviene Catarina.

Joaquina vuelve al cabo de unos instantes con una jarra y un par de vasos. Los deja sobre la mesa y va a buscar un álbum de fotos del que saca una pequeña instantánea en blanco y negro. Es el retrato de dos hombres a caballo, erguidos sobre un camino empedrado. Al fondo asoma una valla cubierta de enredaderas y algunas chimeneas de pueblo en una escena casi bucólica. Parece una de esas remotas imágenes costumbristas desprovistas de cualquier dramatismo. Solo sus gastados tonos grises, ya tirando a sepia, recuerdan a las fotos del sumario de Humberto Delgado.

Joaquina señala al jinete de la izquierda.

—Este era mi padre. La foto está hecha poco antes de que lo mataran. El caballo se llamaba Aragonés y era un animal muy noble. Primero le dispararon a él y cuando cayó al suelo, mi padre ya no tuvo escapatoria. Su cuadrilla lo abandonó.

Catarina coge la foto y se fija en todos los detalles. Miguel Botello tiene una frente ancha y se enfrenta a la cámara con aplomo. Viste chaquetilla, pantalones de pana y unas botas de montar muy desgastadas. Posa confiado, con un cigarrillo colgado de los labios, un brazo en jarra y la mano derecha sujetando la brida de Aragonés, que también parece vivir un instante único. Como si ambos, jinete y caballo, intuyeran que esa foto sería observada, muchos años después, como la pieza perdida de un drama fronterizo.

—¿Qué sucedió después de que le dispararan? —se atreve a preguntar Abel.

La mujer recupera la foto y vuelve a mirarla, seguramente como ya ha hecho miles de veces.

123

—Los civiles lo dejaron tirado, pero alguien que estaba por allí cerca oyó los disparos, lo recogió y se lo llevó en un carro de mulas hasta Badajoz. Luego nos dijeron que murió a las puertas del hospital. Para colmo, le hicieron la autopsia, como si no supieran de sobra lo que había pasado.

Abel tuerce el gesto.

—En un carro de mulas…

Joaquina asiente.

—Su madre quedaría destrozada —susurra Catarina.

—Ni siquiera consiguió una pensión de viudedad. En aquellos años todos los pueblos de por aquí vivíamos del contrabando. Así que nos quedamos sin padre y en la miseria.

—A su padre lo mataron en plena noche —dice Abel— y los que le dispararon estaban esperando a su cuadrilla. ¿Pudo haber un chivatazo?

—Puede ser, pero ha pasado demasiado tiempo. —Joaquina echa una mirada nerviosa al reloj y guarda la foto en el álbum cuidadosamente, como si temiera romperla.

—No la entretenemos más —dice Abel extendiéndole la mano.

Catarina la abraza con fuerza y ambos se dirigen a la puerta seguidos de Joaquina.

—Entonces, ¿van a contar cómo mataron a mi padre?

—Lo increíble es que nadie lo haya contado hasta ahora —responde Abel.

Antes de subirse al coche, Catarina se vuelve hacia la mujer:

—¿Le puedo hacer una foto?

Joaquina asiente desde el vano de la puerta y Catarina dispara su cámara.

Desde el volante, Abel observa la escena. De repente, la mirada y la actitud de la mujer, erguida como si esperara a alguien, le recuerdan el gesto del jinete, que también parecía aguardar desde tiempos inmemoriales.

Una vez en marcha, Catarina mira el retrato de Joaquina en el visor.

—¿Qué tal estás? —le pregunta Abel.

—No sabría decirte. Impresionada y decepcionada, supongo. ¿Cuántos kilómetros hay del camino de Los Malos Pasos a Badajoz?

—Casi setenta, ¿por qué?

—Me pregunto cómo fue la agonía de aquel hombre, tumbado de cualquier manera en un carro de mulas. Debió durar una eternidad.

—A saber quién fue el buen samaritano que condujo el carro —añade Abel—. Alguien que, en pleno aguacero y a las tantas de la noche, estaba lo bastante cerca como para oír los disparos, recoger a un hombre moribundo y llevarlo hasta Badajoz.

La evocación de la escena provoca un silencio pesado. Abel propone que se detengan a recuperar fuerzas en un mesón de carretera y aprovecha unos momentos de ausencia de Catarina para hacer una llamada con el móvil. Cuando ella está de vuelta, la recibe con una sonrisa.

—Acabo de llamar a Enrique Merino, un viejo amigo que es profesor de instituto y vive en Oliva de la Frontera. Nos espera en un par de horas. Conoce muy bien la historia de La Raya y a lo mejor nos da alguna pista sobre Nuno.

—¿Le has adelantado algo?

—No es el tipo de cosas para comentar por teléfono, mejor tratarlas en persona.

—Entonces prefiero no hacerme ilusiones.

125

16

*D*espués de comer, Abel enfila el Clio hacia Oliva de la Frontera. Tras las tormentas de la víspera, la tarde tiene una luminosidad transparente y la vegetación ha cobrado brillo, como si hubiera recibido un ligero baño de barniz.

Desde la ventanilla, Catarina observa el paisaje de monte bajo, absorta en las ondulaciones del terreno y los juegos de luz que se filtran entre el ramaje de encinas y alcornoques. De vez en cuando le pide que pare y salta del coche disparando con la cámara de forma perentoria. Por sus colegas fotógrafos, Abel ya sabe que esos instantes son tan efímeros como imposibles de capturar y que, una vez memorizados por la cámara, siempre dejan un poso de decepción. Pero empieza a experimentar un vago sentimiento de ternura por el entusiasmo adolescente de Catarina y se alegra de verla liberada, al menos durante esos instantes, del evasivo espectro de Nuno.

La carretera atraviesa el término de Zahínos y a los lados se van sucediendo las carboneras, como una reliquia de tiempos prehistóricos. Los troncos se apilan esperando la hoguera y las humaredas brotan de los montones donde cuece el carbón vegetal, elevándose entre los árboles.

—Hace poco vi una película en la tele —dice Catarina—. Trataba de un tipo que hacía carbón en el monte.

Vivía en plena naturaleza, sin depender de nadie, como una especie de hombre libre y en conflicto permanente con un guardia civil.

—*Tasio.* Fue un personaje que vivió en una zona montañosa de Navarra. Allí también quedan carboneras.

—Creí que ya no existían.

—¿Los hombres libres?

—En cierto modo, los contrabandistas lo eran, ¿no?

—No estoy tan seguro, hacían lo que hacían para salir de la miseria. Y se jugaban el pellejo.

—Para mí tenían algo de aventureros, como los piratas.

—Ya, piratas de agua dulce. O de secano, según. No te ofendas, pero eso es un poco infantil. Cuando hablemos con Enrique sacarás una idea muy distinta sobre la vida de los contrabandistas. Como decía Julián, era muy cabrona.

El coche gira en una curva y un rayo del atardecer los golpea en los ojos.

—La libertad sale cara —sentencia Catarina poniéndose las gafas de sol.

La carretera serpentea antes de llegar a Oliva de la Frontera, un pueblo de edificios bajos, plazoletas y calles adornadas con palmeras. Abel entra por una de ellas y llega a una rotonda.

—Quiero que veas esto —dice deteniendo el coche.

En el centro de la rotonda se alza un monumento rodeado de matas de cantueso. Representa a dos hombres cargados con mochilas, vestidos toscamente, con pantalones holgados y la cabeza cubierta por una boina. Caminan sobre un suelo de piedras y sus caras parecen reflejar tensión y cansancio por el peso que llevan a la espalda. Su estampa recuerda a los dos jinetes de Higuera de Vargas, con su rostro congelado y expectante.

—Es un homenaje a los mochileros, uno de los pocos monumentos al contrabando que hay en España.

Catarina se baja del coche y dirige el objetivo a los rostros de los contrabandistas, al tiempo que Abel aprovecha para aparcar y hacer una llamada.

Al cabo de unos minutos saluda con la mano a un hombre de aspecto amable que se acerca desde el fondo de la calle y le responde puño en alto. Es un tipo que ha superado los sesenta años, bajo y algo rechoncho, con una barba canosa y la cabeza cubierta con un sombrero de paja. Sobre su nariz achatada descansan unas gafas redondas de concha que le dan la apariencia de un intelectual de los años de la República.

Abel sale a su encuentro y lo abraza.

—Enrique, cada día te pareces más a Fernando Arrabal.

El profesor ríe abiertamente.

—Un Fernando Arrabal de pueblo, me gusta —dice sin perder de vista a Catarina, que sigue haciendo fotos al monumento, ajena a su llegada.

Enrique le guiña un ojo a Abel.

—Está buena.

—Sale con mi hijo, así que no te calientes la cabeza.

—¿Y tu hijo por qué no ha venido?

—Gonzalo está en el culo del mundo, en Mozambique nada menos, trabajando para una oenegé. Ahora nos vemos por Skype.

—Malditas crisis. A este paso acabaremos todos emigrando, como de costumbre.

—A algunos ya se nos ha pasado el arroz para casi todo.

Catarina se les acerca, Abel hace las presentaciones y Enrique los conduce a una casa cercana. Es una construcción modesta, como las demás, pero sobre la fachada se ven brochazos de pintura blanca que parecen tapar algunas pintadas.

—A veces me dedican palabras cariñosas, como «rojo

de mierda» o cosas por el estilo. Supongo que a algunos les molesta que escriba sobre el pasado.

—Bienvenido al club —responde Abel.

El profesor los hace pasar a una sala con las paredes forradas de libros, un par de butacas y una mesa de despacho, va a buscar una silla y se sienta frente a ellos. Catarina recorre la estancia con la mirada. Sobre la mesa hay un retrato de Gramsci, con la frase «La indiferencia es el peso muerto de la historia». En los huecos de las paredes y sobre los estantes se reparten fotos antiguas de grupos familiares, hombres cargados con fardos y jóvenes muy delgados. Todos visten humildemente y miran a cámara con el semblante grave.

—Buenos retratos —comenta Catarina.

—Son contrabandistas —explica Enrique—. Hice estas fotos para ilustrar uno de mis libros. Tengo miles de negativos.

Abel se dirige a la muchacha:

—Como ves, no trasmiten mucha felicidad.

El profesor los mira intrigado.

—Catarina tiene una visión romántica del contrabando —aclara Abel.

—Como los bandoleros de Sierra Morena o algo así, ¿no?

Ella se ruboriza.

—Es un tópico muy extendido, no te creas, pero era un oficio infernal —continúa Enrique como si estuviera en clase—, sobre todo en invierno y cuando tenían que cruzar el río cargados como burros, sorteando las crecidas y los remolinos porque podían ahogarse. Llevaban una vara muy larga, tanteando el fondo para no meterse en una zona profunda, y para colmo pasaban en calzoncillos, con el hatillo de ropa sobre la cabeza evitando que se les mojara. Imaginaos la escena en pleno invierno, el invierno extremeño.

—Tenían que conocer muy bien el terreno —dice Catarina.

—Sí, pero se jugaban la vida continuamente. Abel me ha dicho que tu familia es de Elvas. Así que ya te habrán contado que la gente tenía que andar casi a rastras, arriesgándose a que los pillaran los *guardinhas* o los guardiaciviles y les pegaran un tiro o se los llevaran al cuartelillo. Y en la posguerra las torturas fueron algo bastante habitual.

Enrique señala el retrato de un hombre mayor.

—Este, por ejemplo, me contó que le clavaron astillas de caña en las uñas. A otros los tenían toda la noche a la intemperie atados al brocal de un pozo. En los cuarteles eran muy frecuentes las palizas para meterles miedo en el cuerpo.

Catarina se acerca a la foto. El hombre está sentado a la orilla de un río, con una rudimentaria caña de pescar.

—No tenían más remedio que aguantarse el miedo —prosigue Enrique—. Después de la guerra muchos no tenían dónde caerse muertos y el contrabando fue su forma de sobrevivir. O trabajaban para los latifundistas por una miseria o contrabandeaban. Luego se fue convirtiendo en un oficio. En este pueblo han vivido de él más de trescientos vecinos. Ninguno de ellos se ha hecho rico, por cierto.

—Todo por unos kilos de café —interviene Abel.

—¡Coño! —salta Enrique—, hablando de café, tengo uno muy bueno que suelo comprar en el Continente de Elvas.

—Comprando en Continente…, ¡quién te ha visto y quién te ve!

—*The times they are a-changin'* —canturrea Enrique mientras se dirige a la cocina.

—Yo no tomo café, gracias —aclara Catarina.

Enrique se vuelve sorprendido.

—¿Una portuguesa que no toma café?

131

—Yo todavía no lo he superado —añade Abel.

—Un té me haría feliz.

El profesor se va refunfuñando y Catarina aprovecha su ausencia para detenerse en la galería de retratos. Algunos están hechos junto a viviendas míseras y otros al borde del río, donde se ven toscas embarcaciones y mínimos muelles fluviales.

—Mi padre me habló de estos muelles. Eran lugares de paso para cruzar el Guadiana, pero con el embalse han desaparecido.

—A cambio, han hecho un puerto deportivo.

Enrique vuelve con una bandeja de cafés y un té humeante y le hace un hueco sobre la mesa de despacho, desplazando a un lado el retrato de Gramsci. Abel coge su taza y Catarina hace otro tanto y se acomoda en su butaca, expectante.

132

El profesor prueba su café.

—Nunca he conseguido el sabor de un café portugués. Tú al menos sabrás el secreto, ¿no?

—El secreto es utilizar café natural —responde Catarina—, y aquí sois adictos al torrefacto o a las mezclas. Quemáis el café en lugar de tostarlo.

Abel ventila su taza de un trago y la devuelve a la bandeja.

—Nos gustaría que nos contaras cómo era el contrabando en los años sesenta. Parece que estaba un poco más organizado…

Enrique se acomoda en la silla y recupera su tono profesoral:

—Pasó a ser un trabajo de equipo. Había partidas de veinte o veinticinco mochileros, siempre conducidos por un guía. Era el que resolvía los conflictos dentro del grupo y, además, representaba a los dueños de las cargas. A veces trabajaban para un patrón.

Abel le dice a Catarina:

—Poco que ver con tus hombres libres...

—Estos iban a pie, pero también había grupos de contrabandistas a caballo —explica Enrique—. Los jinetes fueron muy frecuentes hasta mediados de los sesenta.

—Justo cuando pasó lo de Villanueva del Fresno... —murmura Catarina soplando su té.

El profesor no entiende a qué se refiere.

—La emboscada de los guardiaciviles a los de Higuera de Vargas —especifica Abel—, en el camino de Los Malos Pasos.

—Mataron a uno de los jinetes —añade Catarina—. Ya hemos hablado con su hija.

—¿Cómo os enterasteis? De esa historia no se publicó nada.

—Nos lo contaron en Villanueva del Fresno —aclara Abel.

133

—Aquello fue un golpe muy duro para los pueblos de La Raya. Luego quedó medio olvidado, pero la gente empezó a ver chivatos por todas partes. Y tenían motivos para preocuparse.

—¿Por qué?

—Porque los delatores se incorporaron a la cadena productiva —ironiza Enrique— y pasaron a ser una pieza clave. Los soplones sacaban provecho y los servicios de vigilancia también. Y los que salían perdiendo eran los pobres contrabandistas, que veían cómo los beneficios de su trabajo iban menguando y se los llevaban otros.

—Para variar —apostilla Abel.

—Hay gente que piensa que los contrabandistas eran algo así como unos antisistema —prosigue el profesor mirando a Catarina—, pero con el paso de los años los servicios de vigilancia del Estado empezaron a estar al corriente de su actividad. El intercambio de información entre

Madrid y Lisboa era muy fluido. La Dirección General de Seguridad mantenía contactos permanentes con la PIDE, hacía informes reservados y se los enviaba a los jefes de los puestos fronterizos. Y si alguno quería sacarse un sobresueldo, solo tenía que pillar una carga y quedarse con una buena tajada. La colaboración entre la PIDE, la DGS y los servicios de control de fronteras fue muy estrecha.

El anfitrión recoge la bandeja con las tazas vacías y vuelve a dejarlos solos. Catarina aprovecha para hacer un recorrido más pausado por las fotografías, como si visitara una galería, y se detiene en el retrato de un hombre y una mujer de mediana edad. Tras ellos asoma una estructura metálica coronada por un nido de cigüeñas. Lo observa con atención, se vuelve a su butaca y Abel intuye que acaba de reconocer algo en ese viejo retrato.

—Los chivatazos hundieron la imagen romántica del contrabandista —dice Enrique ya de vuelta, colocando el retrato de Gramsci en su lugar—. Nadie se fiaba de nadie.

—Los delatores también se arriesgaban a ser descubiertos —apunta Abel.

—Si los pillaban, las venganzas podían ser terribles, a algunos les cortaron la lengua. No se andaban con tonterías.

Catarina, que se ha quedado abstraída, parece recobrar el interés:

—¿Mataron a alguien?

—Un tío de Catarina desapareció cuando lo de Humberto Delgado. Se esfumó para siempre —explica Abel.

Enrique se queda callado, como si le diera vueltas a algo.

—¿En qué piensas? —le pregunta Abel.

El profesor rebusca entre las fotos de la pared y señala precisamente la de la pareja y la torre metálica.

—Os aconsejo que habléis con esta mujer.

Catarina palidece.

134

—Ellos dos trabajaban en un cortijo que llaman Albalá y también se dedicaban al contrabando —aclara Enrique—. Lo que asoma detrás es la torre de extracción de Mina Tere, una antigua mina de wolframio junto al Guadiana.

Abel se mantiene atento a la expresión grave de Catarina.

—Recuerdo que vi esa torre desde la otra orilla, cuando estuve con mi padre. Fue el día en que nos sentamos y me contó que era donde pescaba con su hermano.

Abel repasa la fotografía y en su cabeza se atropellan las imágenes del padre de Catarina en su silla plegable, mientras su hija disparaba la cámara hacia unas rocas como el que toma una foto de recuerdo para el álbum familiar.

Enrique les saca de su mutismo:

—Si queréis saber algo más hablad con ella. —Señala a la mujer de la foto—. El hombre que está a su lado era su marido, tenía una barca y se dedicaba a llevar gente y mercancías de una orilla a otra. Murió hace algunos años, pero ella también sabe muchas historias de La Raya y es una mujer lista. Vive en Badajoz, en el barrio del Gurugú. Preguntad por Aurora, cerca del bar La Plaza. Ella os podrá contar algo más sobre lo que pasaba en el Guadiana.

Abel reacciona:

—¿Lo que pasaba en el Guadiana? Suena intrigante.

—Hablad con Aurora —insiste Enrique.

—¿Crees que estará dispuesta a hablar?

—No es de las que se acobardan fácilmente. Y eso que nadie está libre de represalias. Hay gente muy burra. O con muy mala conciencia.

—A nosotros creo que nos han fichado —replica Abel—. Nos siguen por la edición digital del periódico. Anteayer alguien nos dejó un regalo sobre el coche, un animal muerto.

135

Enrique no disimula su preocupación:

—Pues andaos con cuidado. Están muy crecidos.

Su advertencia retumba en las cabezas de Catarina y Abel mientras emprenden el camino de regreso a Olivenza y recorren nuevamente la tortuosa carretera de Zahínos. Al rebasar el pueblo, se suceden un par de kilómetros con tramos de terraplenes y Abel descubre un todoterreno gris marengo asomando por el retrovisor. Lleva cristales ahumados y no hay forma de distinguir a sus ocupantes. El todoterreno se acerca demasiado al Clio dando ráfagas con las largas.

Catarina mira hacia atrás y le cambia la expresión. Está desencajada.

Abel trata de mantener el tipo.

—Vamos a hacer una cosa, vuélvete descaradamente y hazles varias fotos. Intenta que se vea la matrícula.

Catarina se suelta el cinturón de seguridad, se arrodilla en el asiento y dispara la cámara con manos temblorosas.

El conductor del todoterreno reacciona acercándose aún más. Recorre un buen tramo pegado a pocos centímetros y parece que está a punto de embestirlos cuando aparece una furgoneta en sentido contrario. La conduce un hombre entrado en años que pone toda su atención en la escena y les da las luces insistentemente mientras se cruza con ellos. El todoterreno acaba adelantando al Clio y está a punto de parar en seco. Abel apenas tiene tiempo de reaccionar hundiendo el pie en el freno. La maniobra arranca la cámara de las manos de Catarina y esta cae de espaldas contra el salpicadero mientras el todoterreno se aleja a toda velocidad.

El Clio se queda clavado en la calzada y Abel se quita el cinturón para socorrer a Catarina, que ha recibido un golpe fuerte a la altura de los hombros. Está conmocionada y parece dolorida, pero reacciona con furia:

—*Assassinos!, filhos da puta!*

Abel pega el coche al arcén y se baja para abrirle la puerta a Catarina y ayudarla a salir. Para su sorpresa, ella ha rescatado la cámara y empieza a buscar frenéticamente una imagen en su pantalla. No hay ninguna foto donde se vea la matrícula del todoterreno que ha estado a punto de lanzarlos a un terraplén.

137

17

*D*espués de una noche agitada se han levantado pronto para acudir a la cita con Aurora. El dolor apenas ha dejado descansar a Catarina, tiene los hombros amoratados y ha acompañado su desayuno con calmantes, pero el instinto parece advertirles que están cerca de encontrar un significado a su viaje. Y que hay gente empeñada en que no lo consigan. El episodio de la gineta sobre el capó fue el aviso más amable, y lo de ayer, una agresión en toda regla, así que los dos intuyen que la violencia va a ir en aumento.

Por eso, al llegar al aparcamiento no les sorprende encontrarse el coche pegado al suelo. Le han rajado las cuatro ruedas. No hay ninguna nota, ni falta que hace.

Les ha llevado un par de horas recurrir a un taller y comprobar que ninguna cámara del hotel ha grabado el acto de vandalismo. Quienes sean hacen bien su trabajo. Mientras, Catarina ha llamado a Marcos Jiménez, el redactor jefe, y le ha pedido que el periódico se hiciera cargo de los gastos de la reparación y dejara de publicar el reportaje en la edición digital. Marcos ha presionado a Catarina para que vuelva a Madrid.

—A todos los efectos, tu trabajo en La Raya ha terminado. No podemos asumir que te suceda algo —le ha comunicado en un tono que a ella le ha sonado demasiado ambiguo.

—Volveré pasado mañana. Todavía tengo asuntos que resolver.

—Bajo tu responsabilidad, que te quede claro —ha cortado el redactor jefe.

Abel no parece sorprenderse por la respuesta del periódico. Y aunque no se publique nada, Catarina y él saben que van a seguir bajo vigilancia.

A media mañana vuelven a estar en la carretera, bordean Badajoz y cruzan el Guadiana. Abel no ha dejado de mirar el retrovisor a medida que se acercan al barrio del Gurugú y Catarina empieza a jugar con su anillo turquesa.

—El nombre se las trae —dice Abel en un intento inútil de aliviar el nerviosismo de su acompañante—. Se lo pusieron por el monte Gurugú, cerca de Melilla. Durante las guerras con Marruecos hubo varios encontronazos en aquel monte. Entonces este barrio parecía un escenario de guerra porque era un suburbio donde se levantaban y tiraban casas continuamente. Alguien dijo que era como el Gurugú y se quedó con el nombre.

Catarina observa los sencillos bloques de pisos.

—Con el tiempo, el barrio pasó a ser un nido de contrabandistas. Y ahora en el monte Gurugú se esconden los africanos dispuestos a dejarse la piel en esas alambradas que les hemos instalado cariñosamente. La historia crea extraños paralelismos.

El Clio enfila una avenida arbolada y Abel empieza a callejear, parándose a preguntar un par de veces y sin dejar de controlar el retrovisor. Finalmente consigue dar con el bar La Plaza, se baja a hacer una consulta y poco después están llamando al portero automático de un edificio de viviendas.

Les contesta una desconcertante voz juvenil que no parece corresponder a la mujer de setenta y pico años que, momentos después, les abrirá la puerta con expresión risueña.

140

Aurora es de pequeña estatura, calza manoletinas y viste vaqueros y una camiseta estampada. Tiene el pelo rizado y unos ojos negros, muy vivos, que parecen rebelarse contra las arrugas de su cara, como dos brasas en un campo de surcos.

—Enrique me llamó ayer —dice a modo de saludo, dándoles un par de besos— y me avisó de que vendríais, pero os esperaba más tarde. Me pilláis de milagro, iba a acercarme a la compra.

La vivienda es pulcra y las paredes, de un blanco impoluto, están adornadas con pinturas que llevan la firma de la dueña. Coloridos paisajes montañosos, marinas y retratos que se alternan con fotos familiares de bodas y primeras comuniones.

—Me hacen compañía —señala sin dejar muy claro si se refiere a sus cuadros o a los recuerdos familiares.

Aurora les hace pasar a una espaciosa sala que comunica con una terraza llena de macetas. En un rincón hay una bicicleta estática y Abel nota una punzada de envidia hacia esa mujer que parece librar una guerra contra el tiempo.

—Os puedo ofrecer una naranjada fresquita. Tengo unas naranjas que dan un zumo estupendo.

Los dos asienten y Catarina la acompaña a la cocina.

Abel se queda en la sala oyendo el runrún de una exprimidora y vagos retazos de conversación en portugués. Súbitamente, le llegan voces animadas y poco después las dos mujeres regresan como si se conocieran de toda la vida.

—Le contaba que cuando era joven los portugueses me parecían muy tristes —dice Aurora poniendo un vaso de naranjada en manos de Abel—, y al final acabé casándome con uno de Santarém. Por lo menos a ese lo salvé.

Catarina esboza una sonrisa y Abel se relaja ante su aparente cambio de humor.

141

—Estamos indagando en casos de gente que murió en La Raya, en los años del contrabando. Usted y su marido trabajaban en un cortijo junto al Guadiana, ¿no?

—El cortijo de Albalá. Por allí había campos de cultivo y trabajaba mucha gente. Otavio y yo acabábamos de casarnos y eran unos años muy duros. Vivíamos en barracones y apenas nos llegaba para mantener a los hijos. Así que con la Revolución de los Claveles nos fuimos a Portugal y nos instalamos en Santarém. Cuando Otavio murió, hace dos años, me volví a Badajoz.

—¿Y tus hijos? —pregunta Catarina.

—Uno se quedó allí porque tenía un buen empleo y los otros dos se vinieron. Ahora están en paro y les tengo que echar una mano, así que vuelta a empezar.

—Enrique nos dijo que tu marido había sido barquero y pasaba contrabando —interviene Abel.

—Contrabandeaba con café y gracias a eso podíamos comer. Vivíamos del trueque. Teníamos una economía muy básica y el café era como nuestra moneda.

—También nos contó que pasaba a personas —dice Catarina—, gente que cruzaba el Guadiana clandestinamente.

—Eso fue en los sesenta. Había muchos chavales que intentaban escaparse del alistamiento. Un pasador de Elvas los llevaba hasta la orilla portuguesa fingiendo que trabajaban en los arrozales. Luego los cruzaban en barca en grupos de dos o tres y aquí los esperaba otro pasador de Badajoz.

—¿Y qué hacían después? —pregunta Abel.

—Tenían que llegar a Francia y a veces los pillaban por el camino y los mandaban de vuelta a Portugal.

—Como desertores… —añade Catarina.

—Recuerdo a un muchacho, casi un crío, que cruzó con mi marido —prosigue Aurora—. Iba con lo puesto, no tenía dinero y llevaba tres días malcomiendo porque venía desde Montemor. Soñaba con llegar a Francia. Nos dio mucha pena. Otavio no le cobró y le dimos algo para el camino, aunque no nos sobraba.

—¿Supieron qué fue de él? —se interesa Catarina.

—Al cabo de dos semanas estaba de vuelta, agotado y con la moral por los suelos. No había podido cruzar la frontera francesa porque no tenía dinero para salir clandestinamente y tuvo que volver. Mi marido lo trajo de nuevo a Portugal, y meses más tarde, el pasador de Elvas nos contó que había muerto en Guinea, en un enfrentamiento con la guerrilla.

—¿El pasador de Elvas vive? —pregunta Catarina.

—Supongo que sí —Aurora tuerce el gesto—, lo vi hace unos meses en un entierro, pero me pareció que andaba regular de la cabeza. Le fallaba la memoria. Seguramente os darán alguna referencia suya en el Círculo Elvense, en la Praça da República. Antes iba mucho por allí.

—En realidad —confiesa Abel—, estamos tratando de localizar a un pariente que desapareció en 1965. Intentamos aclarar si su desaparición tuvo algo que ver con el asesinato de Humberto Delgado, porque fue en las mismas fechas.

Aurora lo mira fijamente.

—Han pasado muchos años, pero recuerdo un suceso muy extraño. En aquellos días apareció un cadáver en el agua cerca de Albalá, en un sitio que llaman La Barraquera. Estaba desnudo y muy hinchado, con la cara amoratada, así que llevaba muerto varias semanas. No se había ahogado. Lo habían matado de un golpe en la nuca.

—¿Lo llegaste a ver? —La voz de Catarina se quiebra.

—De lejos, no dejaron que nos acercáramos, pero era un hombre joven. No había cumplido los treinta. Lo enterraron en Badajoz, en la fosa común del Cementerio Viejo.

—¿Supisteis por qué lo mataron? —interviene Abel.

143

—Entre los contrabandistas se corrió la voz de que era un soplón, pero creo que fue un caso político.

Abel la invita a seguir con un gesto. Aurora se demora dando pequeños sorbos a su naranjada.

—Cuando apareció el cuerpo, en marzo de aquel año, vino a investigar el asunto un comisario de Madrid, un pez gordo de la Policía. Mi marido me contó que era el mismo que había estado en el hotel de Badajoz viendo las habitaciones de Humberto Delgado y de la señora. Y se volvió a Madrid sin soltar palabra.

—El comisario Viqueira —puntualiza Abel mirando a Catarina—. Murió hace unos años, así que todo lo que sabía se lo ha llevado al más allá.

—¡Ese! —salta Aurora.

—Has dicho que el cadáver del Guadiana apareció en marzo —prosigue Abel.

—Sí, el veintitantos. Lo recuerdo porque estaba embarazada de mi primer hijo y acababa de salir de cuentas. Y nació el 30 de marzo.

—¿Podemos acercarnos al sitio donde lo encontraron? —El tono de Catarina vuelve a sonar acuciante.

—Os acompaño —Aurora mira su reloj—, pero necesito volver pronto, antes de que cierren el mercado. Tengo que hacerles la compra a mis hijos.

Abel está a punto de decir que pueden ir solos, pero la mirada implorante de Catarina no admite réplica y poco después están los tres en el coche. Abel ha vuelto a coger el volante pendiente del retrovisor, Aurora está a su lado indicándole el camino y Catarina viaja callada en el asiento trasero.

De nuevo en la carretera van dejando a ambos lados grandes fincas de cultivo y algunas bodegas antes de llegar a la pista del cortijo Albalá, un camino ancho de gravilla que parece llevar directamente al Guadiana.

El Clio levanta una densa polvareda entre campos recién sembrados hasta que llegan a una enorme construcción donde dormitan algunos tractores. A su lado, en una finca tapiada ven los restos de una capilla y una casa señorial abandonada, medio oculta por una arboleda.

Aurora señala ese último edificio.

—Esa era la casa de los señores y todas las tierras que hay alrededor pertenecían al cortijo. Ahora las explota una sociedad.

La pista sigue paralela al Guadiana, lejos del cauce, y no encuentran ningún ramal en dirección al río. Aurora indica un punto en la distancia, donde asoma el inconfundible torreón de hierro, con su eterno nido de cigüeñas en lo alto.

—La Mina Tere —apunta Catarina.

Aurora se vuelve hacia ella sorprendida:

—¿La has visto antes?

—La vi desde la otra orilla. Me llamó la atención que las cigüeñas anidaran en un sitio así.

Abel aparca cerca de la estructura metálica y, durante diez minutos, Aurora los conduce a paso rápido por un estrecho sendero hasta la orilla.

Frente a ellos, el Guadiana fluye tan mansamente que parece casi un estanque, flanqueado por el bosque de ribera. En la parte menos profunda de su cauce asoman algunas rocas. Aurora se toma su tiempo, como si rebuscara entre sus recuerdos, antes de señalar unas muy próximas a la orilla:

—Fue allí. El cuerpo estaba encajado entre esas rocas.

Abel no ha perdido de vista la cara de Catarina y no necesita preguntarle si fueron esas piedras plomizas y llenas de limo las que hicieron llorar a su padre.

145

18

*D*e vuelta al Gurugú, se despiden de Aurora con un «hasta pronto» que Abel sabe que solo es la expresión de un deseo. Está familiarizado con ese sentimiento. En sus años como periodista vivió infinidad de encuentros fugaces con personas de todo tipo, en lugares distantes y ajenos a su mundo habitual. Hombres y mujeres de todas las edades con las que había experimentado una corriente de complicidad y a las que, casi con certeza, nunca volvería a ver. Eran como un rosario de pequeñas pérdidas, oquedades que iban dejando un rastro oculto y que ahora, con el tiempo, se han convertido en cicatrices invisibles.

Aurora es una de esas personas y al verla alejarse ha vuelto a revivir esa sensación a la que nunca se acostumbró del todo. Antes de despedirse, Catarina le ha pedido que posara y ha hecho algunas fotos. Luego la ha abrazado con fuerza y la mujer ha respondido, un poco desconcertada, ignorando la mezcla de dolor y gratitud que encerraba ese abrazo.

Abel las ha mirado a distancia, algo intimidado, y ahora, mientras comen algo en la barra del bar La Plaza, lamenta como siempre no haber sido más expresivo.

Catalina enciende el visor y repasa los retratos de Aurora: primeros planos de sus ojos risueños, el mapa de pequeñas arrugas en la frente y la boca apretada, tal vez guardándose algunos secretos.

—Siento como si Aurora fuera un pariente lejano con el que he repetido aquella excursión con mi padre.

—Te ha impresionado volver a las rocas.

—Por lo menos, ahora estoy completamente segura.

—¿De qué?

—De que mi padre sabía que era ahí donde apareció el cuerpo de Nuno.

—Quizás también descubriera por qué lo mataron —dice Abel mientras alza la mano para pedir la cuenta.

Catarina paga la consumición y se guarda la nota.

—Quiero llevarte a un sitio —dice colgándose la bolsa al hombro.

Ambos regresan al coche y esta vez es Catarina la que toma la delantera y se coloca al volante.

—Es una iglesia que está a las afueras de Elvas, la de Jesus da Piedade. Mi padre solía mencionarla en sus escritos sobre la guerra en las colonias. La había visitado a menudo y decía que era una lección de historia.

—¿La viste con él?

—No. Insistí bastante y se limitó a acompañarme a la puerta, pero no quiso entrar conmigo.

Catarina conduce con firmeza y la autopista los acerca rápidamente a Elvas, que asoma sobre sus murallas, encerrada en un sueño de siglos. El Clio bordea el recinto por una circunvalación donde se suceden centros comerciales idénticos a los de cualquier otra ciudad. Catarina se detiene cerca del acueducto, que se extiende frente a ellos como un esqueleto de piedra, pregunta a un transeúnte y se interna en un barrio de nueva construcción hasta llegar a un espacioso aparcamiento a los pies de un templo. La mayor parte de las plazas están ocupadas y tarda en encontrar un hueco.

—De entrada, parece que hay bastante devoción —dice Abel.

—Devoción al marisco, en todo caso. —Catarina señala un restaurante cercano—. Es una marisquería muy popular. En Internet es lo primero que sale cuando buscas el santuario.

Abel se ríe de su propia ingenuidad y Catarina lo toma del brazo, divertida, mientras suben las escalinatas de la iglesia, un edificio barroco de paredes blancas ribeteadas de amarillo.

El interior es muy sobrio. No hay nada que llame especialmente la atención. El templo está desierto y Catarina recorre el pasillo central entre bancos vacíos hasta llegar al altar mayor, donde se abre una puerta. En el dintel hay un pequeño rótulo: «Museu de Ex-votos».

El silencio es casi absoluto y tardan en reparar en la presencia de un anciano sacerdote medio adormilado junto a una mesa camilla, presidida por un transistor a muy bajo volumen. Los mira con ojos inexpresivos y apenas responde al saludo de Abel, que deja un par de euros en un cepillo colgado de la pared. Un cartel advierte de la prohibición de tomar fotos.

Catarina se comporta como si el cura no estuviera y continúa hasta una pequeña estancia del museo, con los muros forrados con piezas de cera en forma de brazos, piernas, cabezas, corazones y vísceras de todo tipo, que cuelgan de la pared con cintas de colores.

—Qué afición a trocear cuerpos —murmura Abel—. Lo he visto en muchos santuarios españoles y siempre me ha impresionado. A Gonzalo lo llevé a uno cuando era niño y tuvo pesadillas durante una temporada. Su madre me puso de vuelta y media.

Catarina controla al sacerdote, que no se ha movido de su rincón, y saca la cámara de la bolsa. Pasa a una sala contigua, un camarín abovedado al que apenas llega la claridad de la calle. Abel tarda en familiarizarse con la penumbra y descubrir los muros y techos completamente cubiertos de fotos enmarcadas.

—Mi padre se refería a esto.

Localiza el interruptor de la luz y las fotografías cobran nitidez. Se trata de retratos familiares con dedicatorias, pero la mayoría son fotos de hombres muy jóvenes con uniforme de campaña y ropa de camuflaje, posando sobre un fondo de vegetación tropical. Algunos miran a la cámara ufanos, sujetando su arma en posición de combate. Otros tienen una expresión de incertidumbre, como si no entendieran qué los ha llevado hasta esos escenarios sofocantes. Y los hay que no pueden ocultar el miedo en sus semblantes serios, casi al borde del llanto.

Al pie de las fotografías, con una escritura rudimentaria, hay ingenuas plegarias al Senhor da Piedade pidiéndole protección o agradeciéndole que haya devuelto con vida a un padre, un hijo o un hermano. Junto a las frases aparecen las fechas y lugares donde se tomaron las fotos: Angola, Mozambique, Guinea…

—Las últimas son de 1974, justo antes de la Revolución de los Claveles —dice Abel—. Menos mal que alguien detuvo esa carnicería.

Catarina se cerciora de que el sacerdote sigue atento a su transistor y hace algunas fotografías.

—No vamos a obedecer a todo lo que diga la Iglesia.

Durante un rato, el discreto clic del obturador es el único sonido que se oye en el camarín. Los dos recorren en silencio esa galería de retratos en los que asoma una rara mezcla de vanidad, angustia y temor.

—Al menos estos regresaron con vida —comenta Abel—. No quiero imaginar lo que decía la gente cuando les devolvían a sus hijos en un ataúd.

—Supongo que en ese caso las familias no veían a sus muertos. Solo podrían rezarle al Senhor da Piedade.

—¿Cómo se reza en esas situaciones? Señor, ten piedad, porque los que nos gobiernan no conocen el significado de esa palabra.

Catarina se guarda la cámara y toca el interruptor.

—¿Nos vamos?

Abel asiente, ella apaga la luz y la penumbra vuelve al camarín.

Cuando salen de la iglesia, se encuentran un considerable revuelo. Ha terminado la sobremesa, el restaurante acaba de cerrar y los clientes van subiendo a los coches.

—Los devotos abandonan el templo —bromea Catarina.

Dejan el santuario atrás con ella de nuevo al volante, aparentemente segura en su territorio. A su lado, Abel se relaja.

El Clio accede al recinto amurallado de Elvas a través de un arco semejante a un túnel del tiempo. Abel intenta desentrañar las variaciones de ánimo de Catarina, que parecen oscilar entre la evocación del viaje con su padre, el miedo a nuevas señales de peligro y la intriga ante el posible encuentro con el pasador. Alguien que quizás ha perdido por completo la memoria.

Aparcan y mientras se encaminan hacia el corazón del casco histórico, la ansiedad va en aumento. Por eso, cuando llegan a la Praça da República y se asoman al Círculo Elvense, con su añejo aire de casino de provincias, se sienten decepcionados al encontrarse el edificio en obras, con el mobiliario desmontado y cuadros apilados en las esquinas.

Catarina da algunas voces que se pierden en las salas vacías y, finalmente, deciden acercarse a un bar colindante con la esperanza de que alguien los ayude a localizar al pasador. El tabernero, un hombre de unos cincuenta años y aire perspicaz, reacciona rápidamente:

151

—Han venido a la persona adecuada. Conozco a todos los vecinos de Elvas, incluso a gente a la que no me gustaría conocer.

Catarina y Abel se quedan callados, a la espera.

—No se preocupen, Agostinho nunca ha sido santo de mi devoción, pero ahora solo es un viejo medio trastornado y que siempre dice lo mismo. No creo que les sea de mucha ayuda. Si no es indiscreción, ¿para qué quieren hablar con él?

—Estamos trabajando en un libro sobre la gente que salía clandestinamente de Portugal en los años sesenta —interviene Abel—. Nos han dicho que Agostinho los ayudaba.

—Por interés. —El hombre se toca el bolsillo—. Ya les digo que no era ningún santo, pero quizás recuerde algo de aquellos tiempos. Yo solo era un niño, así que no les puedo contar gran cosa. Lo único que sé es que se arriesgaban mucho desertando. Si pillaban a alguien, lo mandaban directamente al frente. Al peor sitio posible.

152

Abel decide sacar partido de la locuacidad de su interlocutor:

—¿Usted no sabrá nada de un hombre que apareció muerto en el río por aquellos años?

—¿Algún pariente de ustedes?

—Es puro interés profesional —improvisa Abel.

—Hablen con Agostinho, insisto. Quizás lo pillen con la cabeza en su sitio.

El hombre se retira y hace una llamada. Luego vuelve junto a ellos.

—He hablado con su sobrina, una solterona que lo acompaña a todas partes. Dice que esta tarde Agostinho está un poco indispuesto y podrían verlo mañana por la mañana. Vive cerca del Cemitério dos Ingleses.

Catarina apoya el trasero en una mesa del bar, desilusionada.

—Les paso el móvil de la sobrina. —Lo anota en una servilleta de papel—. Se llama Celia. Ella les dirá a qué hora pueden quedar con Agostinho. Es bastante corta, pero buena gente.

Abel agradece el papel con un gesto y Catarina añade un «*Obrigada*» casi imperceptible.

El tabernero parece recordar algo y recupera la servilleta de manos de Abel.

—Les voy a apuntar otro teléfono, el de Gonçalo Ferreira. Es un hombre también mayor, pero tiene una cabeza privilegiada. Bastante más que Agostinho. Ha vivido mucho tiempo fuera, primero en Lisboa y luego en Francia, y hace poco se instaló aquí. Creo que tiene documentación del caso y puede que hasta guarde alguna foto del muerto.

Catarina parece inquieta.

—Vive solo en una casita en la zona de Santo Ildefonso, junto al Guadiana —dice devolviéndoles la servilleta—. Recuerden, Gonçalo.

—No se nos va a olvidar, se llama igual que mi hijo.

El hombre les hace un guiño a modo de despedida.

Es media tarde y el día ya no va a dar más de sí. Están casi al final del viaje y aunque Catarina está convencida de que el cadáver del Guadiana es el de Nuno, duda que un viejo que ha vuelto del exilio y otro con lagunas de memoria les aclaren algo.

Cuando emprenden el regreso a Olivenza, él al volante y Catarina a su lado, el cansancio les empieza a pasar factura.

De vez en cuando, la muchacha se toca la espalda con gesto dolorido.

—No vamos a averiguar nada.

Abel alcanza un paquete de Coronas del salpicadero y le ofrece un cigarrillo. Catarina lo coge con desgana.

153

La carretera se ha vuelto solitaria y el coche pasa a la altura de los Almerines. Han transcurrido tres días desde que pararon ahí, pero Abel siente que ha pasado una eternidad.

Al fondo asoma la silueta de Olivenza y Abel apaga su cigarrillo, recién encendido. No deja de darle vueltas a la cabeza. Algo le martillea insistentemente.

—Hay un par de cosas que me tienen un poco desconcertado.

—¿A qué te refieres?

—La primera es la negativa de tu padre a entrar en el museo de exvotos. Me imagino que se le revolverían las tripas, como a cualquiera, pero intuyo que fue por algo más personal.

—Yo también lo creo, pero no quise forzarle. Al fin y al cabo, era su último viaje.

Abel se desvía hacia el aparcamiento del hotel.

—¿Y qué otra cosa te desconcierta?

—Me dijiste que a tu abuelo Afonso lo encarcelaron por desertar, pero ya has oído al del bar de Elvas. A los que lo intentaban los mandaban a primera línea de combate. No se libraban tan fácilmente.

—Mi abuelo quedó malherido cuando lo pillaron. No sé qué le pasó, pero mi padre contaba que en la cárcel de Caxias los funcionarios lo humillaban continuamente.

—Por la razón que sea —concluye Abel, mientras aparca junto a la puerta del hotel—, los militares debieron pensar que no iba a serles de mucha utilidad en el frente.

—No quiero ni pensarlo.

Signos de caducidad

Me hago viejo. Al llegar la noche me descubro buscando cobijo en el cuarto de un hotel, como si echara de menos esa monotonía desbaratada por el viaje y tratara de reconstruirla entre cuatro paredes ajenas. Es un esfuerzo estéril, condenado al fracaso, porque las habitaciones de los hoteles nunca me han servido de refugio. Como mucho, me permiten retomar estos soliloquios inútiles en el portátil.

Hay otros síntomas de caducidad que se han ido manifestando durante estos cinco días. El primero, la engañosa cercanía de Catarina. La seguridad hiriente de que esta muchacha es una silueta volátil a la que solo me queda arropar y acompañar, como el sucedáneo de ese padre que se fue a la tumba llevándose los secretos familiares.

Qué difícil es reemplazar a un desconocido, seguir sus pasos, tratar de desvelar las razones de su decadencia física y moral. Y salir indemne, como si su pasado no tuviera nada que ver con el tuyo propio. Como si no existiera una red transparente de lazos, una telaraña tejida a lo largo de todos estos años, calladamente y sin que yo mismo fuera capaz de detectar la consistencia de sus hilos.

Hago balance de los instantes vividos en estas cuatro jornadas y descubro que este periplo se ha convertido en un deambular entre cementerios y fotos antiguas, más allá de esas sombras alargadas que nos persiguen y de los testimonios de algunos que se encuentran al final de su propio camino: el anciano contrabandista, el sepulturero y el profesor al borde de su jubilación. Lápidas y retratos borrosos en los que está escrito un pasado que para Catarina es ignoto, pero para mí es el territorio de la niñez. Los mismos años, las mismas expresiones, los mismos tonos descoloridos y la misma sensación de retroceder por el largo pasadizo de los recuerdos.

Y entonces caigo en la cuenta de que yo también estoy al final de una etapa y que necesito cerrar este episodio porque quizás hay mucho en juego. Más de lo que puede parecer a simple vista. Tal vez, el reverso oculto de una época en la que yo me sentía inocente y feliz.

En pocos días recuperaré mi rutina indolente de jubilado. Pero no creo que vuelva con el mismo equipaje. Y me asusta pensar que la compañía inaprensible y fugaz de esta muchacha acabe convirtiéndome en una especie de Ulises, viejo y cansado, regresando a una casa donde no lo espera nadie.

19

*E*l Cemitério dos Ingleses ocupa uno de los baluartes de Elvas y a simple vista parece un espacioso jardín sembrado de césped, abierto al paisaje de La Raya. Un lienzo de la muralla delimita el parque y sirve a la vez como balcón de piedra sobre la cuenca del Guadiana y la ciudad de Badajoz, que se atisba a lo lejos. Rodeadas de una verja de hierro o incrustadas en el muro, se reparten varias lápidas de ilustres caídos en las guerras napoleónicas y sobre la hierba se alzan algunos árboles que dan sombra a escuálidos bancos de madera.

Es media mañana cuando Catarina y Abel acceden al jardín del cementerio, donde los ha citado Celia, la sobrina de Agostinho. Los encuentran sentados en uno de los bancos, lanzando migas a un grupo de gorriones que levantan el vuelo asustados ante la llegada de los intrusos. El viejo apoya su voluminoso cuerpo en una gruesa garrota, ocupando buena parte del banco, y ellos deciden quedarse de pie.

Desde el primer momento, Abel tiene la desagradable sensación de que han acudido a una cita fallida y que esos dos personajes no van aportar mucha luz a su búsqueda. Agostinho es un hombre de más de ochenta años y aspecto irritable, con una mirada en la que de vez en cuando asoman destellos de lucidez. Y Celia tiene una frente huidiza y, pese a haber cumplido los cincuenta, conserva una expresión infantil en la que solo destacan los ojos dulces y mínimos, escondidos tras gruesos cristales de miope.

Agostinho observa a Catarina con lascivia y curiosidad.

—Cada día estás más guapa, Fátima.

Celia se vuelve hacia él con expresión de enfado:

—Tío, Fátima murió hace muchos años. La chica y el señor son los que querían hablar contigo. Vienen desde Madrid. Ya ves qué importante eres.

Agostinho les dedica una mirada opaca y Abel aprovecha para hacer las presentaciones.

—Estamos hablando con gente que se dedicaba al contrabando y nos han dicho que usted ayudó a muchos a cruzar La Raya.

—No lo hacía como un favor, no vaya usted a creer. De algo hay que vivir.

Celia se inquieta.

—Pero eso fue hace mucho tiempo, ¿eh?

—Sabemos que también arriesgó su vida —interviene Catarina—, y que gracias a usted muchos jóvenes pudieron escapar y se salvaron de ir a África.

Agostinho se levanta la pernera derecha del pantalón y muestra una pierna blanca llena de costurones.

—Mira, Fátima, este es el precio que tuve que pagar. —El viejo pasador señala las profundas cicatrices que le llegan hasta el muslo—. ¿Recuerdas cómo llegué aquella noche?

—No, no lo recuerdo —responde Catarina girando su anillo en el pulgar—, ya sabes que siempre he tenido muy mala memoria.

—Pero usted… —Celia no termina la frase ante el gesto severo de Abel imponiéndole silencio.

Agostinho mantiene la pernera levantada.

—¡Mujeres!, ¡no os acordáis de nada! ¡Fueron los perros!, ¡los jodidos perros!

Abel palidece, pero Catarina no parece dispuesta a ceder.

—¿Eso te lo hicieron los perros?

—Eso y lo que no quiero mostrar aquí —responde Agostinho con una sonrisa maliciosa—. Solo te lo enseñaré a ti, cuando estemos a solas.

—¿De quién eran los perros, Agostinho? —pregunta Abel.

—¿De quiénes van a ser? —responde el viejo con la cara congestionada—, ¡de los de la Patrulla Negra!, ¡os lo he contado miles de veces!

—Eran gente muy mala —interviene su sobrina—. Salían de noche con perros amaestrados para echárselos encima a los contrabandistas. Se divertían así. Eran gente muy mala, muy mala.

—Agostinho, cuéntale al señor —Catarina señala a Abel— quiénes estaban en la patrulla.

—¿Quién es este señor?, ¿tu padre? —Agostinho mira a Abel de arriba abajo.

—Sí —responden los dos al unísono.

—Eran varios amigos. Se habían juntado los mayores hijos de puta de La Raya. Maltrataban a los perros para que estuvieran furiosos. Los tenían dos días sin comer y luego se divertían organizando cacerías.

—Y las presas erais vosotros —añade Abel.

—¿En la patrulla había portugueses? —pregunta Catarina.

Agostinho, impaciente, golpea el suelo con la garrota.

—Un *guardinha*, un par de guardiaciviles, cuatro o cinco señoritos y un tipo que decían que era de la PIDE. Estaba en el puesto de San Leonardo.

—¿Nadie más?

El viejo parece no haber oído la pregunta de Abel y se

159

vuelve hacia Celia, que se ha quedado al margen echando más migas a los gorriones, que se van acercando poco a poco. Acto seguido, el pasador mira a Catarina y empieza a reírse en voz baja.

—Al menos, yo pude seguir cumpliendo en la cama. ¿Te acuerdas, Fátima?

Catarina empieza a alarmarse.

—¿De qué me tengo que acordar?

—Entonces bien que te gustaba que conservara mi tranca. —Al viejo se le ha borrado la sonrisa—. No me quedé como aquel infeliz que no quería ir a la guerra porque decía que estaba contra todas las guerras. A ese los perros le quitaron la poca hombría que le quedaba. —Agostinho se toca ostensiblemente la entrepierna—. Cuando lo mandaron a la cárcel ya solo era un despojo.

Abel observa a Catarina, que se tambalea a su lado.

—¿No recordarás cómo se llamaba?

—Nunca les preguntaba el nombre, para qué, pero ese me dijeron que tenía familia en Lisboa. Se llamaba Afonso o algo así.

Catarina se aparta del grupo súbitamente, se aleja hacia el muro del cementerio y se detiene dándoles la espalda, fingiendo que contempla el paisaje.

Agostinho la mira desconcertado.

—¡¿Qué te pasa, Fátima?!

Abel trata de sobreponerse a la repugnancia que empieza a sentir por el viejo pasador. Hay otro asunto pendiente y no puede abandonar. Quizás es ahora o nunca.

—¿Cuándo pasó aquello?

—¡Fátima!, ¿estás enfadada? —El viejo sigue pendiente de Catarina.

Ella no responde. Agostinho extiende la mano hacia Celia y esta le pasa algunas migas que empieza a arrojar a los gorriones con violencia, tratando de acertarles.

—Hace mucho tiempo, más de cincuenta años.

—Tengo una duda, Agostinho —Abel trata que su voz suene lo más aséptica posible—, ¿cómo se enteraban los de la Patrulla Negra cuándo ibais a pasar a los desertores? Supongo que no lo hacíais todos los días.

El viejo no pierde de vista a Catarina y le hace un gesto a Celia.

—Vete a ver qué le pasa a esa.

Celia se levanta, sumisa, y se dirige hacia la muchacha.

—Los de la patrulla no irían de caza todas las noches —insiste Abel—, ¿cómo sabían cuándo podían pillaros?

—Tenían un informador, el mayor hijo de puta de todos. Ese era el que los tenía al corriente.

—¿Un portugués?

Agostinho asiente y vuelve a reír por lo bajo.

—No me acuerdo de cómo se llamaba. Debió pensar que no nos enteraríamos, el muy imbécil. Pero nos enteramos y le dimos su merecido.

Celia sigue junto a Catarina, pasándole un brazo por la espalda como si la consolara. Abel decide aprovechar la momentánea ausencia de las dos mujeres y adopta un tono confidencial.

—¿Cómo supisteis quién era?

El viejo se sacude la mano vacía. Se le han terminado las migas de pan y observa a su sobrina con impaciencia.

—Nos dieron un chivatazo, nosotros también teníamos nuestras artimañas para averiguar ciertas cosas.

—Lógico. Erais profesionales y no podíais dejar que el soplón actuara a sus anchas.

—El soplón no volvió a soplar —añade Agostinho con una sonrisa cruel.

—Alguien hizo justicia, como debe ser.

—Se lo merecía. —El viejo se señala la pierna de las cicatrices—. Y yo no salí tan mal parado, porque los cabrones de

161

los perros se cebaban con sus presas. Al tal Afonso lo castraron mientras los de la Patrulla Negra se reían a carcajadas.

Abel sabe que se está moviendo en la cuerda floja y no pierde de vista a las dos mujeres. Catarina le dirige una mirada angustiosa y él le hace un gesto discreto de que espere.

—¿Cómo lo hicisteis?

Agostinho lo mira como si no lo entendiera.

—¿Cómo matasteis al soplón?

—Lo echamos a suertes. El chivato iba a pescar todas las mañanas, así que alguien tenía que acercarse con él, a solas, y dejarlo en el sitio.

—Con un golpe en la nuca.

—Como a los conejos —Agostinho traza un movimiento en el aire con la garrota—, pero había que ir sobre seguro y darle con fuerza. Para eso no vale todo el mundo.

162 Abel se fija en la garrota y se estremece pensando en el instante de la muerte de Nuno. Un golpe brutal en la nuca, como el que Casimiro Monteiro le dio a Humberto Delgado.

—¿Y a quién le tocó?

—A uno que ya está criando malvas. Aprovechó que el soplón estaba distraído, porque estaba desenganchando un pez del anzuelo, y le dio bien. Cayó al agua como una piedra, sin decir ni pío. Ni se enteró. Luego apareció dos o tres semanas más tarde, en unas rocas que están enfrente, en la orilla española.

—Lo mataste tú, cabrón —murmura Abel mirando fijamente al viejo.

Este desvía la vista hacia las mujeres, que se acercan en ese momento. Catarina parece consternada y Celia la contempla con una mezcla de lástima y admiración.

—Es usted muy guapa —dice con expresión bobalicona.

—Menos mal que has vuelto, Fátima, tu padre quiere saberlo todo —protesta el viejo—. Como ese otro que estuvo por aquí hace años. ¿Te acuerdas?

—¡El catedrático! —salta Celia.

—Eso decía él. Uno que venía de Lisboa y no paró de preguntar por el chivato. —Agostinho comienza a reírse de nuevo—. Al final, me lo quité de encima y le saqué unos cuantos escudos. De algo hay que vivir.

—¿Se llamaba Aldo Chagas? —dice Abel.

—Tú tampoco te cansas de hacer preguntas, ¿verdad? —El viejo vuelve a pedirle migas a su sobrina y esta deja sobre el banco una bolsa de plástico.

Mientras, Catarina opta por ocultar los ojos tras sus gafas de sol y Abel le hace un gesto mirando el reloj.

—Creo que ya hemos tenido bastante.

—¿Te largas con ese viejo, Fátima? —La voz de Agostinho suena amenazante.

—¡Tío, ya te he dicho que no es Fátima!

El pasador extiende la mano hacia Abel, como si pidiera algo.

—¿Y todo lo que te he contado piensas que es gratis?

Abel coge unas migas de la bolsa de plástico.

—De algo hay que vivir —dice dejándolas caer en la mano de Agostinho.

Catarina lo mira con cara de extrañeza y ambos caminan rápidamente hacia la salida del cementerio.

A sus espaldas, Agostinho se queda gritando:

—¡Fátima, no te vayas con ese desgraciado! ¿No quieres ver mis heridas?, ¡antes bien que te gustaba!, ¡puta!

163

$\mathcal{U}$na pareja de garzas sobrevuela el Guadiana arañando la corriente y acaba escondiéndose entre los carrizos, que se proyectan en la superficie como en un espejo líquido. En la orilla descansan los restos de una embarcación carbonizada y un viento leve forma olas casi imperceptibles, una especie de marea delicada que se acerca y se aleja de las márgenes, a ambos lados de La Raya.

A pocos metros de la orilla, Catarina y Abel permanecen sentados, hechizados por el movimiento inaprensible del agua, con su engañosa apariencia de quietud.

Por primera vez, Abel ha comprendido la utilidad de esas dos sillas plegables que han estado en el maletero durante todo el viaje y que por fin han encontrado un destino.

Después de la conversación con el viejo de las cicatrices, Catarina ha caído en un estado de abatimiento que Abel no ha sabido cómo aligerar. Para su sorpresa, ha sido ella la que le ha pedido que se acercaran al borde del Guadiana, al mismo lugar en el que estuvo con su padre. Acaso porque revivir aquella vieja escena la ayudaría a descender al lecho de fango, y a partir de ese instante, solo le quedaría cauterizar las heridas y salir a flote.

Abel ya le ha contado todo lo que ella no ha oído del relato de Agostinho, sin ahorrarle detalles, y ahora permanecen sentados y absortos, viendo a lo lejos la torreta de metal oxidado de Mina Tere y frente a las piedras donde apareció el cuerpo de Nuno, que asoman imperturbables y empapadas por el brillo de la humedad.

Los sollozos de Catarina, escondida tras sus gafas de sol, sacan a Abel de su ensimismamiento y enseguida las lágrimas brotan sin control, sacudiendo el cuerpo de la muchacha. Al principio, Abel no sabe cómo reaccionar, pero después de unos minutos interminables la obliga a levantarse y la estrecha con fuerza, con un abrazo que lo hace volver al instante en que se despedía de Gonzalo. Al fin y al cabo, Catarina también se estaba yendo, a su manera, a un territorio nebuloso, y Abel sabe que no va a encontrar más consuelo que su cercanía. Y la envuelve como si lo hiciera por primera vez, como si ese abrazo condensara todos los que nunca ha sido capaz de dar.

166   La herida de ella es demasiado profunda. El vivaracho Nuno, el joven alegre y extrovertido que parecía llevarse bien con todo el mundo, fue un delator, uno de esos indeseables que medraron a la sombra de una dictadura. Y además, el culpable de la castración y la muerte del abuelo de Catarina. Un descubrimiento que la madre de la muchacha no pudo soportar.

El temblor de Catarina se va suavizando poco a poco en brazos de Abel, hasta que se aparta, se quita las gafas y busca en sus bolsillos un pañuelo de papel.

—Ya me has visto llorar más que nadie —dice con un atisbo de sonrisa.

Se acerca a la orilla, se descalza y se sienta al borde del agua, que a veces roza la punta de sus dedos. Abel trata de acomodarse a su lado, con las piernas encogidas.

—Me imagino a mi padre hablando con ese viejo —dice ella.

—Ya...

—Tuvo que revolverle las tripas. Saber quién era realmente su hermano por boca de alguien tan miserable.

Abel coge distraídamente un guijarro y lo lanza contra la superficie del agua.

—Creo que fue Agostinho el que mató a Nuno. Tal como lo ha contado, parecía el típico recurso de achacar a otro tus acciones inconfesables. Conoce demasiados detalles.

—A lo mejor mi padre llegó a la misma conclusión. —Catarina tira una piedra sobre las ondas formadas por la de Abel—. Además, qué importa quién fuera el verdugo, a Nuno lo mataron por chivato. Fue una venganza justa.

—Lo que no entiendo es por qué tu padre le contó algo tan doloroso a tu madre. Yo me lo habría guardado.

—Era un fanático de la verdad. Decía que la historia estaba hecha a base de mentiras y no quería formar parte de eso. Así que supongo que se sintió obligado, a costa de lo que fuera.

—De provocar la muerte de tu madre.

—Eso lo hundió definitivamente.

Por encima de sus cabezas, la brisa va cobrando fuerza hasta convertirse en un viento que agita los juncos. Las olas se avivan y empapan los pies de Catarina, que permanece inmóvil, indiferente al barro que va cubriendo sus dedos.

Abel la escruta abiertamente y una vez más reconoce un intenso brillo húmedo bajo sus gafas de sol. Acto seguido, empieza a arrancar las hierbas que crecen a su lado, como si estuvieran fuera de lugar.

—Por otra parte, si tu padre era un fanático de la verdad, ¿por qué has tenido que descubrirla tú sola?

—No he venido sola.

167

—¿Por qué te dejó al margen?

—Por vergüenza, porque se sentía culpable de haber abandonado a su hermano, por miedo a perderme a mí también… No sé. Por todo, supongo.

—Si fueras mi hija… —Abel desvía su mirada hacia la corriente para detenerse por enésima vez en las piedras, que ahora se han vuelto negras.

Un nubarrón tapa el sol durante unos instantes y las sombras se extienden a lo largo de las dos orillas, sacudidas por ráfagas de aire. Una de ellas derriba las sillas y Abel aprovecha para levantarse rápidamente y dejarlas plegadas, mientras Catarina sigue con los pies en el agua, abandonada a un momento de calma.

—Hay algo que me sigue intrigando en la muerte de Nuno —dice Abel mientras regresa y se sienta a la vera de Catalina, hombro con hombro.

168

—De eso también me avisó Gonzalo —dice quitándose las gafas de sol.

—¿De qué?

—De que te comías mucho la cabeza. —Catarina lanza otra piedra al agua.

—A Nuno lo mataron en la orilla portuguesa, pero su cadáver apareció en la orilla española —recapitula Abel—, así que la investigación se llevó en dos países, con dos Policías diferentes, dos sumarios… Para colmo, en el momento más crítico tras el asesinato de Humberto Delgado. Esos días la frontera estaba al rojo vivo.

—¿Y?

—Que no tenían por qué coincidir las conclusiones de unos y otros. Tal vez quedaron aspectos sin aclarar y tu padre no pudo saber toda la verdad. Quizás incluso lo engañaron y a Nuno lo mataron por otras razones. Me has dicho que era muy mujeriego…

—Ya has oído a Agostinho…

—¡Menuda fuente! —Abel lanza otra piedra—. Alguien dispuesto a vivir a costa de lo que sea. Yo no me fiaría nada.

—Nuno era un delator, le dieron su merecido y mi familia pagó un precio muy alto por ello. Punto final.

Abel rebusca en su bolsillo y saca la servilleta de papel que les pasó el tabernero de Elvas.

—Tenemos el teléfono de Gonçalo Ferreira, el que estuvo exiliado en Francia. Recuerda que el del bar nos dijo que quizás tuviera fotos del cadáver.

—No sé si quiero verlas —dice Catarina a la defensiva, mientras hunde los pies en el barro de la orilla—. No van a añadir nada a lo que ya sabemos.

—Creo que es lo último que queda por hacer. Será la prueba definitiva de que se trataba de Nuno.

Cuando se levantan, caen en la cuenta de que el relato de Agostinho ha hecho que se olviden completamente de sus perseguidores. Hasta que, de repente, algo les hace girarse, apretar el paso y entrar en el coche rápidamente: un rumor de voces cercanas y una agitación de juncos que llega desde la otra orilla. Abel arranca de inmediato pero aún tiene tiempo de ver a una pareja de jóvenes que se acercan al río como si estuvieran buscando un rincón escondido a todas las miradas.

21

Santo Ildefonso es un diseminado de cortijos humildes, rodeados por grandes fincas agrícolas que se reparten en una ladera escalonada hacia el Guadiana. Una mínima carretera local cruza la zona, en paralelo al cauce, y aquí y allá asoman algunas construcciones ruinosas, barrios de cuatro o cinco casas y los restos de una escuela en la que, imagina Abel, los niños recitaron las glorias del imperio colonial portugués.

En lo alto de la ladera aún pueden ver el puesto de vigilancia de los *guardinhas*, cerrado a cal y canto, a punto de ser devorado por la maleza y sin más compañía que la de una higuera monumental que impregna el aire de un olor dulzón.

En la ribera, el terreno deja entrever un pasado de arrozales y algunas casitas conservan en su fachada el cartel «Secador de arroz», escrito con una tipografía tosca y sin pretensiones. En una de ellas vive Gonçalo Ferreira, el viejo exiliado, que los espera sentado a la puerta, protegiéndose del sol del mediodía bajo un emparrado y con un inquieto chucho trotando a su alrededor.

En cuanto se acercan, el perro se lanza a lamer las piernas de Catarina, como si reconociera en ellas el regusto que ha dejado el limo del Guadiana. La muchacha parece animarse con la bienvenida, pero Gonçalo se levanta y coge al chucho al tiempo que extiende la mano a los recién llegados.

—No le permita a Dinis que se tome muchas confianzas —le dice a Catarina—, porque no se lo va a quitar de encima.

Gonçalo Ferreira es un hombre enjuto y de mediana estatura, que se mueve enérgicamente pese a su avanzada edad. Sus rasgos más notables son los ojos azules, que trasmiten una desgastada humanidad, y el cabello blanco y muy poblado, que a Abel le recuerda al del dirigente comunista Álvaro Cunhal, a quien entrevistó en Lisboa. Está a punto de decírselo cuando Catarina se le anticipa:

—Supongo que ya le habrán dicho que se parece a Cunhal.

El viejo encoge los hombros resignadamente y se atusa la sien con un leve asomo de coquetería.

—Infinidad de veces, pero solo nos parecíamos en el pelo. ¿Lo conoció usted en persona?

—En una ocasión estuvo en casa de mi padre. Yo solo era una adolescente y él ya era muy mayor, pero me pareció un hombre muy guapo. Igual que usted.

—A pocas voy a conquistar ya, a mis años. Ya solo me queda resolver algún asunto pendiente y esperar el final en compañía de Dinis, que debe ser tan viejo como yo.

Abel hace una carantoña al perro, pero este se dirige de nuevo a lamer las piernas de Catarina. Gonçalo lo aparta pacientemente.

—Si les parece, entramos —dice mostrando la puerta entornada—. Dentro se está más fresco y nos quitamos de encima a Dinis. Creo que se ha enamorado de usted.

—Me parece que solo le interesan mis piernas.

El anfitrión les cede el paso al interior de la vivienda, un cuchitril modesto y muy destartalado. Un par de ventanucos le dan la apariencia de una celda de convento, presidida por una mesa donde quedan restos de comida. Sobre una cocina desconchada hay un cazo con algo de sopa y, en un rincón, una cama estrecha cubierta con una colcha alentejana ofrece la única nota de color en toda la estancia. Gonçalo busca un par de sillas para sus visitantes y Abel repara en la presencia de una escopeta de caza apoyada en una esquina.

—Les puedo ofrecer una copita de un licor de hierbas que preparo yo mismo. Es un buen digestivo. Supongo que ya habrán comido.

Abel se da cuenta de que después de ver a Agostinho, Catarina y él siguen con el estómago vacío, pero ambos aceptan la copa. El viejo va a la nevera, saca una botella y les sirve un par de vasos con hielo. Acto seguido, se sienta en la cama, que apenas se altera bajo su peso.

—Así que Cunhal estuvo en su casa, nada menos, y trató con su padre —le dice a Catarina—. Deduzco que es un hombre importante, ¿cómo se llama?

—Se llamaba Aldo Chagas. Murió hace pocos años. Era catedrático de Historia y conocía a muchos políticos. Tenía familia aquí, en Elvas, en una finca junto a la desembocadura del Caia.

Los ojos de Gonçalo se oscurecen y se vuelven más incisivos.

—¿No sería pariente de Nuno Chagas?

—Era su hermano. ¿Usted conoció a Nuno?

—No personalmente, yo soy de Coimbra y además me exilié bastante joven. Pero en los sesenta, en mi organización se habló bastante de Nuno Chagas.

—¿Qué organización? —pregunta Abel.

—Yo pertenecía al grupo de militares que empezaban a estar hartos de Salazar. Habíamos participado en algunas tentativas para derribarlo, desde luego sin mucho éxito, y nos mantuvimos en contacto con Humberto Delgado

173

cuando el general estuvo en el exilio. A comienzos de los sesenta estuvieron a punto de detenerme, así que tuve que optar por irme a Francia antes de que los perros encontraran mi cuerpo enterrado en cualquier sitio.

Como si hubiera invocado un fantasma, se oyen en la puerta los arañazos de Dinis, que provocan un pequeño sobresalto a Catarina. Gonçalo lanza un grito y los arañazos cesan.

—Me quedé en Burdeos y allí hice una labor de apoyo a los que llegaban de Portugal. La Raya era un punto estratégico por el que salía gente muy valiosa, así que tenía que estar al corriente de todo lo que sucedía a uno y otro lado del río.

—¿Y qué sabía usted de Nuno? —pregunta Catarina.

—¿De su tío? Que hizo un trabajo extraordinario, ayudó a salvar muchas vidas. Lástima que él no corriera la misma suerte. Para mí fue una historia muy dolorosa. Solo lo conocí de oídas, pero le había cogido bastante aprecio y todo lo que le pasó me afectó mucho.

Abel se queda con el vaso de licor de hierbas en la mano, paralizado como una estatua, y Catarina mira a Gonçalo con los ojos abiertos de par en par.

—¿Cómo? —Su voz se ha vuelto un susurro.

El viejo militar exiliado tiene la sorpresa dibujada en la cara.

—¿Qué les han contado a ustedes?

Dinis vuelve a arañar la puerta y lo seguirá haciendo durante un rato largo, sin que nadie lo regañe, mientras Abel y Catarina, atropelladamente, intentan resumir las conclusiones a las que han llegado omitiendo cualquier referencia a la debacle familiar de Catarina. Gonçalo se ha limitado a escucharlos sin pronunciar una palabra, después de servirse una copa de licor, y finalmente ha hecho una mueca de desagrado al oír el nombre del pasador.

—A ese es al que debían haber tirado al Guadiana —dice ya sin atisbo de bondad—. Agostinho siempre fue un canalla.

—Entonces, ¿por qué mataron a Nuno? —pregunta Abel.

—Fue un cúmulo de fatalidades, pero no me lo perdonaré nunca.

Abel y Catarina se miran desconcertados. Gonçalo hace amago de rellenarles los vasos de licor, pero ambos lo rechazan.

—La organización lo reclutó porque tenía muy buenos contactos. Estaba bien relacionado con el jefe de la Policía de Elvas, con el alcalde y con algunos empresarios. Terratenientes que empezaban a tener grandes explotaciones agrícolas en La Raya. En realidad, pasaba por ser un tipo del Régimen, pero cambió de bando cuando conoció a cierta gente.

—¿Los de la Patrulla Negra? —pregunta Abel.

—Esa fue la definitiva —asiente Gonçalo—, sobre todo porque la Patrulla no era solo un grupo de fanáticos que disfrutaban con sus cacerías. En eso Agostinho también les ha mentido, como en todo. No actuaban espontáneamente. Era un equipo de operaciones de castigo.

—Operaciones de castigo, ¿a quién? —vuelve a preguntar Abel.

—A los contrabandistas que no querían pasar por el aro. Con el apoyo de los peces gordos, el contrabando llegó a ser muy lucrativo. Comprando ciertas voluntades, se podía pasar de todo: medicinas, divisas, personas… Pero esto convertía a los contrabandistas en siervos, se llevaban una miseria, y algunos decidían ir por libre. A esos les mandaban la Patrulla Negra.

Abel observa a Catarina, que parece haber entrado en una especie de postración.

—Nuno empezó a pasarnos información sobre el funcionamiento de ese grupo de sádicos —prosigue Gonçalo atento a la expresión sombría de la muchacha—. Nosotros teníamos que ayudar a escapar a mucha gente, opositores amenazados de muerte, gente que se exiliaba como yo..., y nos resultaba muy útil anticipar los movimientos de la Patrulla. Si sabíamos que iban a actuar en Puerto Chico, por ejemplo, usábamos La Barraquera como lugar de paso. Gracias a la ayuda de Nuno, la organización tuvo una información privilegiada durante un par de años. Luego, todo se vino abajo.

Catarina recupera el interés por el relato de Gonçalo.

—¿Qué es lo que falló?

—Alguien detectó que teníamos un informador. No sabían quién era, pero no eran estúpidos y consiguieron descubrirlo. Demostraron ser más listos que nosotros, hicieron correr la voz de que había un soplón que estaba poniendo en peligro la vida de los contrabandistas. Cuando los perros de la Patrulla Negra castraron a un desertor, la gente se indignó mucho y necesitaba un chivo expiatorio, como fuera. Y todo señalaba a Nuno.

—Casualmente —apostilla Abel.

—Cuando supieron que trabajaba para nosotros, decidieron extender el bulo de que era un chivato para ir preparando las represalias. Incluso dijeron que participaba en las cacerías. Imagino que ustedes ya saben cómo funcionan los rumores en las ciudades pequeñas. Solo faltaba encontrar un verdugo sin escrúpulos.

—Agostinho.

—Exacto. Seguramente el confidente que actuaba para la Patrulla Negra era él, así que la operación era perfecta. Mataba a Nuno, le colgaba el sambenito de soplón y a cambio él quedaba fuera de sospecha y mejoraba su puesto en el escalafón, como en las familias de la mafia.

—De algo hay que vivir.

—Nuno me hizo llegar una carta pidiendo ayuda. Todavía la conservo. Estaba angustiado, se encontraba en un atolladero y sabía que corría peligro. En otros momentos podía haber escapado por sus propios medios, pero acababa de desaparecer Humberto Delgado y La Raya estaba muy vigilada. Nuestra organización no podía asomar la cabeza y decidió mantenerse al margen.

Gonçalo echa un trago rehuyendo la mirada de Catarina.

—La carta no sirvió de mucho, por lo que veo… —apunta Abel.

—Me llegó demasiado tarde, a finales de marzo. A Nuno lo asesinaron a primeros de ese mes. Cuando apareció en la orilla española, ya llevaba varias semanas muerto en el río. Me enfurecí conmigo mismo y con toda la organización. Él se había jugado el pellejo y nosotros lo habíamos dejado tirado.

—Sacrificado por una buena causa. —La voz de Catarina se ha vuelto tan helada que apenas se aprecia la ironía.

—¿Y por qué nadie identificó el cadáver? —pregunta Abel.

—El cuerpo estaba muy deteriorado y la Policía española y la portuguesa trabajaban juntas. Además, la PIDE tenía instrucciones muy severas de que se mantuviera el anonimato del muerto, sin revelar su identidad, porque así les servía de peón en el asesinato de Humberto Delgado. Como si hubiera participado en un ajuste de cuentas. Y vaya si lo utilizaron.

—Y ustedes les dejaron hacer —dice Catarina.

Gonçalo renuncia a contestarle.

—La organización se deshizo enseguida. Salazar no se sentía seguro y la PIDE se empleó a conciencia para frenar una insurrección militar. Todo el que representaba un

177

posible riesgo terminó en Caxias, y yo desde Burdeos no podía hacer nada. Luego el asunto cayó en el olvido.

—Así de fácil. —Catarina deja su copa sobre la mesa.

Los arañazos se vuelven a sentir en la puerta y Gonçalo se levanta y la abre. Dinis entra como una exhalación y se dirige a los pies de Catarina, que ahora parece molesta con los lametazos.

—¡Se acabó! ¡Ahora te vas a volver a tu caseta, por maleducado! —Gonçalo pierde los estribos y se lleva al perro.

—Imagino cómo te sientes —dice Abel.

—No te imaginas ni remotamente cómo me siento. En pocas horas he pasado de creer que Nuno era un traidor, a descubrir que unos y otros lo usaron de manera indecente. Y que todo lo que le ha pasado a mi familia se debe a una mentira monumental. Es imposible que sepas cómo me siento.

—Cuando quieras, nos vamos. Ya has aguantado demasiado.

Catarina niega con la cabeza.

Gonçalo vuelve y ocupa su lugar sobre la colcha. Algunos rayos de sol ya entran directamente por los ventanucos y dejan entrever una atmósfera de polvo suspendido.

—Si le sirve de consuelo —dice Gonçalo—, debería estar muy orgullosa de su tío, se merece un monumento.

—No me consuela en absoluto, preferiría que se hubiera sabido la verdad. Hace algunos años, mi padre trató de averiguar qué le había sucedido a su hermano y habló con Agostinho. Imagínese la historia que le contó. Que Nuno era cómplice de Salazar, que había estado al servicio de un hatajo de carniceros y otras barbaridades que usted ignora. Eso le hizo un daño irreparable, a mis padres y a toda mi familia. ¿Cree usted que eso se arregla con un monumento?

Gonçalo se queda mirando fijamente su vaso, con la

cara contraída, sopesando algo. Acto seguido, abre un ca-
jón en la mesilla que tiene junto a la cama, saca un sobre
y se lo da a Catarina.

—Es la prueba definitiva de la inocencia de Nuno. La
carta que me envió a Burdeos pidiéndome que lo ayudá-
ramos. En ella no queda ninguna duda de que sabía quiénes lo iban a matar y por qué. Publíquela. Utilícela como
quiera. Yo ya me la sé de memoria.

Catarina abre el sobre con dificultad y lee la carta con
los labios muy apretados. Abel ya conoce esa expresión y
no le sorprenden los primeros lagrimones que, en un acto
reflejo, ella evita que caigan sobre el papel.

El silencio se propaga por la exigua vivienda como si
el espíritu de Nuno aleteara sobre sus cabezas, proyec-
tando una sombra diferente en cada una de ellas. Gonçalo sigue abstraído en su pesadumbre. Catarina parece
querer controlar el desgarro que está viviendo. Y Abel
tiene sentimientos contradictorios, una ternura inconte-
nible hacia la muchacha, el alivio de que la verdad asome
por fin y la rabia porque aquel muerto inocente sirviera
como una pieza más en un crimen de Estado. Y súbitamente cae en la cuenta de que hay algo a lo que todavía
no se han enfrentado.

—Nos dijeron que usted a lo mejor tenía alguna foto
del cadáver del Guadiana —le dice a Gonçalo mirando al
mismo tiempo a Catarina, como si esperara su permiso.

El viejo exiliado asiente y lanza también una mirada
interrogativa a la muchacha, que responde con un imperceptible movimiento de cabeza. Se levanta, se dirige
a un aparador y saca una pequeña carpeta de cartón gris.
Rebusca en el contenido y elige una fotocopia con varias
reproducciones en blanco y negro. Corresponden a las
fotos de un cadáver de cuerpo entero y algunos detalles
de la cabeza.

179

—Son fotos que estaban en el sumario español —comenta volviendo a su sitio y dejando la fotocopia en manos de Abel—. Les advierto que no son muy agradables.

Abel las observa con disgusto y se las pasa a Catarina. El cuerpo está abotargado y ennegrecido por las semanas transcurridas en el agua, y la cara es como una máscara hinchada. Ella se estremece y empieza a sollozar calladamente, como si estuviera en el velatorio de alguien muy querido.

—Es Nuno. Ahí está la cicatriz de la ceja partida. —Acaricia la foto del rostro deteniéndose en esa ceja—. Ya lo decía tu hermano. Eras un *biruta*...

Durante largo rato, Catarina se comporta como si estuviera sola y contempla las fotos de Nuno sin el menor asomo de repugnancia, hasta que le devuelve la fotocopia al viejo exiliado.

—Quédesela también —dice Gonçalo—. Forma parte de la historia de su familia.

Catarina guarda la fotocopia junto a la carta, moja los labios con el vaso de licor y se levanta en dirección a la puerta.

—Si no les importa, quisiera estar un rato a solas. Te espero fuera —le dice a Abel.

Gonçalo la acompaña a la salida mientras Abel oye los ladridos lastimeros de Dinis rebelándose contra la cadena que lo mantiene amarrado.

El viejo exiliado ocupa la silla de Catarina y mira pensativamente la copa de esta, que apenas ha probado.

—¿Puedo hacerle una observación? —le dice Abel.

—Por supuesto.

—No termino de entender por qué alguien que ha nacido en Coimbra y ha pasado la mayor parte de su vida en Francia decide venir a pasar sus últimos días en este lugar, que además no le puede traer muy buenos recuerdos.

—Llevaba demasiado tiempo lejos, escondido en Burdeos, mientras aquí la gente arriesgaba su vida. La historia de Nuno me ha atormentado durante cincuenta años. Tenía una deuda pendiente con él y he venido a saldarla.

—¿Cómo es posible saldar una deuda así?

—Lo llevo preparando mucho tiempo y ya no puedo demorarlo más. —Gonçalo señala el aparador donde guarda los documentos—. Ustedes han venido a recordármelo.

En la puerta, el viejo exiliado estrecha la mano de Abel mientras Catarina espera apoyada en el coche, ajena a la despedida, y Dinis lloriquea encadenado a su caseta. Abel camina hacia la muchacha con la sensación de que las palabras finales de Gonçalo son un aviso premonitorio de que al asesinato de Nuno Chagas todavía le falta el último acto.

181

22

 Ya en el hotel, se encuentran el comedor cerrado y Abel propone que piquen algo en la barra del bar. Son las cinco de la tarde y no han comido nada, pero Catarina improvisa una excusa y se retira a su habitación, mientras él opta por ocupar un taburete, sin el menor apetito.

Durante el trayecto de vuelta, los dos han mantenido un silencio pesado. Catarina, aferrándose a la carta y las fotos de Nuno. Abel, tratando inútilmente de encontrar alguna palabra de consuelo para la muchacha, una especie de sortilegio que la alivie del sufrimiento gratuito que ha vivido durante tantos años. Y acusando, al mismo tiempo, el lastre de la última frase de Gonçalo.

Ahora Abel mordisquea un tentempié de espaldas al televisor, rodeado de mesas vacías. Los contertulios de un programa de cotilleo gritan desaforadamente ante un público que los jalea en el plató. «La vida como espectáculo y la vida real», piensa Abel imaginando a Catarina en su habitación. El camarero parece adivinar el malestar de su único cliente y decide bajar el volumen al mínimo, aunque presta una disimulada atención a la pantalla.

Veinte minutos después, Abel está tumbado en su cama, aguzando el oído a cualquier ruido imperceptible en la habitación de al lado, y se duerme profundamente. Lo despertarán unos golpes suaves en la puerta. Es Catarina, que aparece erguida ante él, como pidiendo permiso para entrar. Se ha cambiado de ropa y está espléndida. Lleva una falda larga color burdeos y una camiseta negra ajustada y sin mangas. Abel, medio dormido, la observa como una aparición y vuelve a elogiar el gusto de su hijo. Siente un aguijonazo de frustración por no tener treinta años menos y por dudar de si sería capaz de traicionar a Gonzalo, aunque decide achacar esa duda a su propia somnolencia.

La voz de Catarina lo arranca del letargo:

—¿Puedo pasar?

Abel se aparta a un lado y ella observa la cama deshecha.

—Ni siquiera te dejo dormir en paz.

—Para mí ya no es una novedad. A medida que pasan los años, el sueño se convierte en un lujo.

184   —¡Venga, Abel, no eres ningún anciano! —protesta Catarina sentándose en el butacón, junto al portátil.

Parece extrañamente tranquila y mira a su alrededor distraída. Abel ya conoce de sobra esa falsa tranquilidad. Catarina repasa la decoración de las paredes.

—Me pregunto qué clase de pintores dedican su vida a ese tipo de cuadros.

—Artistas de tres al cuarto —contesta Abel sentándose en una esquina de la cama—. Se especializan en motivos banales para evitar cualquier tema conflictivo. Es una trampa en la que todos caemos a menudo.

Catarina desvía la mirada al portátil. Él capta el gesto.

—Sigo con mis prácticas de becario.

—Venía a sugerirte que diéramos el último paseo. Mañana solo nos queda visitar la tumba de mi tío.

Abel se encuentra con su mirada desvalida, esa expresión resignada de la que quizás ya no se separe nunca. Sin saber muy bien qué hacer, se levanta y se dirige al baño.

—Necesito lavarme la cara —dice para sí mismo—. Luego, si quieres, nos despedimos de Olivenza.

Cuando salen del hotel, el sol todavía calienta el adoquinado y tienen la sensación de ir caminando sobre cenizas recién apagadas. Así que eligen las calles más sombreadas hasta acercarse a la plaza de España.

Han pasado cinco días desde que se sentaron por primera vez en esa plaza y, de forma instintiva, Abel se encamina a la misma terraza y trata de localizar la mesa que ocuparon la primera tarde.

—Soy un animal de costumbres —se disculpa.

—Ya. —Catarina parece recobrar una brizna de ánimo.

—Algunos tenemos rutinas inamovibles —confiesa mientras hace una seña a la camarera—, y eso nos vuelve bastante patéticos.

Los dos toman asiento y Abel descubre algo que le había pasado inadvertido. Por primera vez, Catarina no lleva su cámara al hombro.

Ella pide una ensalada y él un café con hielo. La camarera toma nota y se vuelve al bar lanzando la enésima advertencia al grupo de niños que da patadas a la pelota, como si nunca se hubieran movido de allí.

Abel mira a su alrededor. Los niños jugando al fútbol, las palmeras atiborradas por el griterío de los pájaros, los viejos que hablan desganadamente en los bancos. Y percibe una escena tan inalterable como la que observa desde su ventanal del Pepe Botella.

—A veces, unos pocos días lo cambian todo —apunta Catarina como si le hubiera leído los pensamientos.

Ella come lenta y silenciosamente, el cotorreo de los pájaros va en aumento y el calor de la tarde cede el paso a un aire fresco, humedecido por la cercanía del Guadiana.

Catarina termina su plato y echa un vistazo al reloj.

185

—Hay un sitio por el que me gustaría pasar.

Abel no pide más detalles, porque no los necesita, y poco después están entrando en la iglesia de la Magdalena.

Dentro no hay ningún turista. Velando junto a la puerta está la encargada, una mujer joven que parece reconocerlos y hace un leve gesto de saludo.

Catarina se dirige a uno de los últimos bancos y toma asiento, mientras Abel se demora en los pasillos laterales, observando los juegos de color que proyectan las vidrieras. Como si un artista en trance hubiera volcado sus delirios en los muros.

Ella permanece absorta en las columnas retorcidas y Abel decide esperarla fuera. Cuando está a punto de abandonar el templo, la mujer de la puerta le dice con simpatía:

—¿Es su hija?

—Sí.

—Veo que son ustedes unos visitantes fieles.

—Incondicionales. Ya sabe, el consuelo de la belleza.

Ella asiente con un brillo de inteligencia y Abel sale a la calle, donde aún le tocará aguardar sentado al pie de los escalones hasta que finaliza el horario de visitas.

Como si tuvieran todo el tiempo por delante, callejean demorando el regreso al hotel y cuando llegan, ha empezado a anochecer. La recepción está vacía, pero hay un televisor encendido y están pasando un informativo regional. En la pantalla ven imágenes de un incendio en una modesta casa de pueblo. En plena noche, los bomberos se afanan en apagar las llamas, que salen con fuerza por una ventana, y la locutora habla de que todos los indicios apuntan a un acto provocado. El fuego alumbra al dueño de la vivienda, un hombrecillo envuelto en una manta y plantado en medio de la calle, que mira la escena con cara de desolación.

Las tomas son algo borrosas y parecen captadas toscamente con un móvil, pero Catarina y Abel las observan con
una rara sensación de familiaridad. Sobre todo, cuando descubren que el hombre, despeinado y sin sus gafas redondas
de intelectual republicano, es Enrique Merino, el profesor
de instituto con el que se vieron en Oliva de la Frontera.

187

Las jaurías

$\mathcal{N}$o me puedo quitar de la cabeza al bueno de Enrique, con su mirada inocente y miope, tratando de entender el porqué de esas llamaradas que salían por su ventana, provocadas por un grupo de salvajes. Un instante que parece la rúbrica de un viaje en el que, un día tras otro, nos ha perseguido el aliento abrasador de las jaurías.

Tras la confesión de Gonçalo, la verdad se ha mostrado desnuda, por fin, pero también ha dejado al descubierto la saña y la furia que circulaban bajo esa revelación, igual que un colector de aguas fecales.

Fueron una jauría de perros azuzados por unos tipos sin entrañas los que castraron al abuelo de Catarina cuando intentaba escapar de una guerra sin sentido. Y fueron unos perros los que escarbaron el suelo y desenterraron los cuerpos de Humberto Delgado y Arajaryr Campos dejándolos expuestos a los ojos de unos niños.

La continua aparición de las jaurías en este trayecto por La Raya dibuja un trazo invisible y misterioso entre el pasado y el presente. Entre perros reales y seres humanos transformados en alimañas. Las incursiones de una patrulla de sádicos a la caza de desertores y contrabandistas insumisos. La sórdida historia de cuatro asesinos y de sus cómplices a las órdenes de un dictador vengativo. El salvaje fusilamiento de un contrabandista. La ejecución planificada de un falso delator ante la pasividad de quienes estaban obligados a protegerlo. Y ahora, la cabeza aplastada de la gineta, las arremetidas de un coche en una carretera local y el encarnizamiento de una ralea de incendiarios contra un hombre indefenso. Actos planificados y cometidos por bandas, manadas, jaurías humanas.

Todo lo que hemos conocido a lo largo de estos días han sido tramas diseñadas por grupos de verdugos contra víctimas inermes. Pero aquellos episodios del pasado que nos han traído hasta aquí se han vuelto más crueles, como si la violencia hubiera ido madurando con el paso del tiempo hasta volverse un acto espontáneo y caprichoso. Y los nuevos ejecutores son esas jaurías de nuevo cuño, que parecen moverse impunemente y que han convertido su odio en un espectáculo mediático.

23

*A*bel se levanta con la claridad que atraviesa las cortinas, hace una llamada con el móvil y sale a la terraza. El cielo tiene el mismo tono azul oscuro que los ojos de Gonçalo, el viejo exiliado. En la terraza contigua, Catarina está asomada a la barandilla, igual que el primer día, pero esta vez no hay ni autocares ni grupos de la tercera edad reclamando su atención. Abel tiene la impresión de que podría llevar ahí toda la noche, y cuando la muchacha se vuelve, sus ojeras indican que no anda muy descaminado.

—¿Has hablado con Enrique? —dice Catarina a modo de saludo.

—Acabo de llamarlo. El incendio quemó parte del salón y las fotos que vimos, pero dice que conserva todos los negativos y que esta noche le ha estado dando vueltas a la idea de hacer una exposición. Lo he visto extrañamente animado. —El tono de Abel se vuelve reflexivo—. Como si volviera a sentirse útil.

—En cambio, yo me siento muy culpable.

—Ya. Me ha dicho que ni se te ocurra. Su comentario, literalmente: «Esos cabrones me han quemado algunos muebles pero no saben que yo soy incombustible».

Catarina amaga una sonrisa.

—Muy propio de él.

—No has dormido nada, ¿verdad?

—He tenido noches mejores —dice ella pasándose la mano por el pelo húmedo—, pero acabo de darme una ducha y estoy despejada. Tengo el equipaje hecho, así que cuando quieras nos vamos.

Poco después, los dos están sentándose en un comedor vacío, que ahora les parece inmenso. Catarina vuelve a acompañar su té con un calmante y se guarda la caja en la mochila.

Es pronto, incluso para los grupos madrugadores, y ambos desayunan aliviados por el silencio que envuelve las mesas, con los manteles impolutos y los cubiertos perfectamente ordenados, esperando el instante de la invasión.

No tardará mucho en llegar, pero entonces ya están en el vestíbulo, despidiéndose de Victoria, una recepcionista de aire maternal que parece haber hecho buenas migas con Catarina. Victoria se salta el protocolo, sale del mostrador y le da dos besos a la muchacha.

—Te enviaré alguna de las fotos que he hecho —dice Catarina a modo de despedida—. Podrías cambiar algunos de esos cuadros con los que castigáis a vuestros clientes.

La recepcionista no parece tomárselo a mal, y Abel comprende que ya ha sido un tema de conversación entre ellas.

Al abandonar el hotel, Abel vuelve a notar la tensión en el cuerpo de Catarina. Cuando ocupa el puesto de copiloto y arrancan, lleva los labios apretados, su pequeña mochila en el regazo y la mirada escondida tras sus gafas de sol.

—Te falta el cinturón de seguridad.

Ella se lo pone sin ningún comentario y abraza la mochila como si temiera perderla.

Abel echa vistazos esporádicos por el retrovisor, comprobando si alguien los sigue y despidiéndose de la silueta de Olivenza, que en ese momento empieza a despojarse de los tonos del amanecer. Catarina no se molesta en volver la cabeza.

Al pasar cerca de los Almerines, Abel se ve asaltado por una sensación que ya conoce. Que los asesinatos de Humberto Delgado y Arajaryr Campos han quedado desplazados por otra historia, aparentemente menor, de la que no sabía nada y que ahora ha cobrado una presencia abrumadora. La de esa superviviente de una familia aniquilada por una cadena de engaños.

Poco después, la tapia alargada del Cementerio Viejo de Badajoz aparece de nuevo ante su vista. Abel aparca junto a la entrada y, tras parar el motor, pone la mano sobre las de Catarina, que afloja la presión sobre su mochila, reacciona al tacto y se detiene a observarle la palma.

193

—Tus manos son idénticas a las de Gonzalo. Ásperas y protectoras.

—Siempre he creído que no nos parecíamos en nada.

—Pues él piensa que os parecéis bastante. Me lo ha dicho muchas veces. Anoche, por ejemplo.

Catarina se suelta suavemente y abre su puerta.

—¿Hablaste ayer con Gonzalo? —pregunta Abel.

—Más de una hora. Me dijo que te diera un abrazo muy grande y que quiere que le cuentes tu versión del viaje. Tiene gracia, porque comentó algo parecido a lo que has dicho de Enrique.

—¿O sea?

—Que seguro que ahora te sientes más vivo.

Cerca de la puerta, un corro de empleados charlan animadamente mientras comen un bocadillo. Abel se dirige a ellos y les pregunta por la fosa común.

—¿Ustedes vienen a ver la de los muertos de la Guerra Civil?

—No, se trata de un hombre que murió en 1965 —aclara Catarina.

Los empleados la miran sorprendidos.

—Entonces va a ser la del departamento primero —apunta el más viejo del grupo y les indica el camino.

Los dos se dirigen a una gran tumba blanca presidida por una cruz. Catarina se acerca, Abel se queda a cierta distancia y sin decir una palabra mientras el sol asoma entre los cipreses, se refleja en las lápidas y empieza a golpearles la cara. Primero con suavidad y luego con destellos punzantes.

Transcurre más de media hora y cuando Catarina se vuelve, tiene los ojos colorados por el llanto y la exposición a ese sol intensificada por el mármol.

—Descansa en paz, tío Nuno —dice en dirección a la tumba, como si cerrara las últimas páginas de un libro.

Al salir del cementerio, el corrillo ya se ha dispersado y solo queda un joven echando un cigarro.

—Disculpa, ¿hay algún sitio cerca donde podamos hacer unas fotocopias? —pregunta Catarina ante el desconcierto de Abel.

—Al entrar en Badajoz, hay una papelería donde venden prensa y tienen fotocopiadora. —El joven mira el reloj—. Creo que ya estará abierto. Está justo al lado de una pizzería.

—Cuando lleguemos a Madrid, ¿me dejarás que vaya a verte de vez en cuando al Pepe Botella? —dice Catarina mientras se dirigen al coche.

—Por supuesto. Y espero que lo hagas por sorpresa, como el primer día.

—Convertir la sorpresa en un rito, eso sí que es una paradoja. —Catarina sonríe como si se guardara un as en la manga.

No tardan en encontrar la papelería. Una mujer mayor y de gesto amargado los saluda con un escueto «buenos días» y Catarina saca los papeles del sobre y se los entrega.

—Una fotocopia de cada, por favor.

—Acabo de enchufar la fotocopiadora. —La mujer no disimula su desagrado a la vista de las fotos de un cadáver hinchado—. Tendrán que esperar unos minutos.

Abel aprovecha para echar una ojeada a la prensa y, de repente, un titular llama su atención en el diario *Hoy:* «Suicidio de un histórico contrabandista».

Se refiere a un suceso ocurrido en Elvas la víspera y, con la certeza de que ya sabe lo que va a encontrar, rebusca en las páginas interiores, donde se publica un texto más amplio y una foto del protagonista.

Y reconoce a Agostinho, el viejo pasador de las cicatrices, que según la información del diario aprovechó la ausencia de una familiar que lo cuidaba para descerrajarse un tiro en la cabeza con una escopeta.

La noticia no evita el detalle morboso de que costó trabajo reconocer su rostro desfigurado, citando las declaraciones de la Policía de Elvas, que atribuye el suicidio a un momento de enajenación de Agostinho, y concluyendo con un retrato evocador de los tiempos del contrabando.

Abel le muestra la noticia a Catarina.

—La justicia poética existe —dice ella sonriendo abiertamente por primera vez, mientras la mujer coloca la carta en la fotocopiadora—. A lo mejor hasta le revolvimos la poca conciencia que le quedaba.

Abel no hace el menor comentario, pero no deja de pensar en el presagio que le ha rondado desde que vio aquella escopeta de caza arrinconada en casa de Gonçalo.

Al salir, Catarina se mueve con más aplomo, tal vez porque el disparo en la cabeza de Agonstinho ha produci-

195

do un extraño efecto y, en cierto modo, ha terminado por completar las piezas de su puzle familiar. Ese vacío angustioso que, de manera providencial, parece haber encontrado alivio en otra muerte bárbara, la del asesino de Nuno.

De nuevo en el coche, mientras abandonan Badajoz, Abel señala el marcador de la gasolina.

—Hay que llenar el depósito. Y de paso, tendré que ir al servicio. Si quieres, aprovechamos para tomar algo, nos queda un largo viaje de vuelta.

Se detienen en el mismo restaurante destartalado donde pararon a la ida. El aparcamiento delantero está lleno de camiones de todos los tonelajes, así que Abel tiene que buscar un hueco detrás del restaurante, junto a un gigantesco tráiler con el rótulo «*Veiculo Longo*». Lo señala y comenta:

—No sé por qué, pero siempre me ha hecho gracia.

Ya en la barra del bar, mientras desayunan en medio de una algarabía de conversaciones de los parroquianos y gritos de los camareros, Catarina le entrega las fotocopias.

—Quiero que tengas la carta y las fotos de mi tío. Por si te animas a escribir sobre él y a que rescatemos su historia. Te anticipo que Gonzalo está empeñado en convencerte.

—Entonces, no tengo escapatoria. Ya veo el Pepe Botella convertido en nuestra mesa de redacción.

Catarina le da un interminable beso en la mejilla.

—*Muito obrigada.*

—Gracias a ti, Catrineta.

Abel se dirige a los servicios mientras ella paga la consumición, y cuando regresa a la barra, Catarina ya se ha ido. La busca por todo el bar y siente que el corazón está a punto de estallarle cuando ve llegar a toda velocidad un todoterreno gris marengo a través de los

ventanales traseros. Lo reconoce enseguida y sale corriendo en dirección al lugar donde han dejado el Clio,
que permanece medio oculto por el tráiler.

Al llegar al coche lo único que alcanza a percibir es un
grupo de sombras abalanzándose sobre él y el alarido de
una lejana voz femenina que grita su nombre, hasta que
siente un golpe brutal en la base del cráneo y la luz parece
apagarse súbitamente a su alrededor.

197

24

Después de varios días en coma, Abel lleva un par de horas con los ojos entreabiertos, tratando de entender qué lo ha llevado a esa habitación de colores neutros y por qué está tumbado, inmóvil, como si el cuerpo no le respondiera. Intenta levantar una mano y le pesa como una piedra, en parte por las numerosas vías que le salen del brazo y lo mantienen conectado a un gotero.

A un costado, fuera de su campo visual, oye el eco de una voz que le resulta familiar:

—¡Papá, papá!

Intenta volverse pero no puede y la voz se le acerca. Abel nota el tacto de una mano sobre la mejilla y ante él aparece, desenfocada, la cara de Gonzalo.

—¡Papá!

—¿Dónde estoy? —La voz de Abel suena angustiosa.

—En el hospital de Badajoz, papá. Has estado cuatro días en coma. Pensábamos que no salías de esta.

La mirada de Abel recorre la habitación como si buscara algo.

—¿Dónde está Catrineta?

—Catarina. Se llama Catarina.

—No. Se llama Catrineta.

Gonzalo se da por vencido.

—Está descansando en el hotel, no se ha separado de

ti ni un momento. Yo me quedaré contigo el tiempo que haga falta.

—¿Tú no estabas lejos?

—En Mozambique, papá.

—¿Y cómo has llegado hasta aquí?

—Cogí el primer vuelo a Lisboa y he alquilado un coche.

—¿Por qué? ¿Qué ha pasado?

—Catarina me ha puesto al corriente de todo. Parasteis en un bar de carretera, fuisteis al servicio, primero tú y luego ella, que se demoró un poco, y cuando salió vio que te estaban dando una paliza. Pudo avisar a los clientes del bar y eso te salvó la vida.

—No recuerdo nada.

—Eran cuatro tíos de esos que van mucho al gimnasio. Se subieron corriendo a un todoterreno con el motor en marcha y se fueron a toda velocidad.

—La jauría —murmura Abel como si recordara algo.

—¿Cómo?

—Supongo que nadie sabe quiénes eran.

—Están perfectamente identificados —aclara Gonzalo—. Uno de los clientes que salieron con Catarina tuvo la sangre fría de sacar un móvil y grabarlos. También grabó la matrícula del vehículo.

—Viva la sangre fría —apostilla Abel débilmente y con un primer destello de ironía—. ¿Y quiénes fueron los valientes que me hicieron esto?

—Unos jóvenes hijos de puta con apellidos muy conocidos en la zona. —La voz de Gonzalo ha cobrado energía—. Los hijos de un terrateniente de toda la vida, el sobrino de un constructor que está metido en todos los chanchullos, el nieto de un guardiacivil retirado y un militante de extrema derecha que ha sonado mucho para concejal. Meten mucho ruido en Internet. Forman parte de uno de esos grupillos fascistas que se han multiplicado como una epidemia. La vieja guardia de siempre, en versión dos punto cero.

Abel parece entender vagamente las explicaciones de Gonzalo.

—¿Y yo qué les he hecho?

—Hurgar en el pasado, en los trapos sucios de sus familias.

Abel mantiene su expresión confusa.

—Te va a llevar tiempo recordarlo, papá. Casi te matan y te espera una larga rehabilitación, física y mental. Tienes un brazo y un par de costillas rotas, y te han pateado la cabeza como si fuera un balón. Por no hablar del golpe en la nuca. Te has salvado por milímetros.

—Ya veo. Se han cebado conmigo.

A Gonzalo se le humedecen los ojos.

—Estás en buenas manos. El equipo médico del hospital se va a dejar la piel y yo he pedido unas semanas de permiso, hasta que te den el alta. —Gonzalo coge la mano libre de su padre—. Me han dicho que con suerte vas a poder recordar casi todo.

—Con suerte… Casi todo…

—Sí. Y me consta que hay alguien que va a poner a trabajar tu memoria en cuanto vuelvas a Madrid.

—¿Te refieres a Catrineta?

—¿Por qué la llamas Catrineta? —Gonzalo parece celoso.

—No lo recuerdo. Tendrás que preguntárselo a ella.

Badajoz y Madrid, 2020

Nota del autor

Esta novela, narrada en torno a un hecho histórico, se ha tomado las licencias habituales de la ficción respecto a la realidad. Una de ellas es el personaje de Nuno Chagas, una construcción imaginaria sobre un joven asesinado en 1965, cuyo cadáver apareció desnudo, en una fecha imprecisa entre los meses de marzo y abril, en un tramo del Guadiana cercano a Badajoz. Aquel cuerpo sin identificar fue objeto de una investigación policial, minuciosa pero fallida, y terminó en una fosa común del cementerio de San Juan.

El interés novelesco de aquel cadáver anónimo es su cercanía (en la misma zona de La Raya y en fechas similares) a otro episodio fronterizo de alcance internacional: el hallazgo de los cuerpos del general portugués Humberto Delgado y su secretaria Arajaryr Campos, el 24 de abril de aquel mismo año, junto a un camino de contrabandistas próximo a Villanueva del Fresno.

Humberto Delgado y Arajaryr Campos habían desaparecido dos meses antes y la prensa de todo el mundo daba por seguros sus asesinatos a manos de la PIDE (Policía Internacional y de Defensa del Estado), cumpliendo los deseos de António de Oliveira Salazar, que consideraba a Delgado como un peligroso rival. Pero mientras se especulaba sobre su suerte, los medios portugueses y españoles, sujetos a una tenaz censura y la habitual manipulación informativa de ambas dictaduras, difundieron la versión de que el general seguía vivo y se le había visto en diferentes países. Lo cierto es que ambos fueron ejecutados por la PIDE el 13 de febrero de 1965 en una finca de Badajoz, convirtiendo un crimen político en un turbio complot que involucraba a los dos regímenes totalitarios. Todavía hoy existen numerosas incógnitas sobre algunas circunstancias del crimen y sobre cómo se gestó la necesaria colaboración del franquismo.

Otro episodio real sobre el que —por respeto a la familia de la víctima— no me he permitido ficcionar es la muerte de Miguel Botello Lozano, a manos de la Guardia Civil, cuando volvía con un cargamento de contrabando de Portugal. Sucedió el 4 de febrero de 1965 muy cerca del lugar en el que, nueve días después, los miembros de la PIDE enterraban de mala manera los cuerpos de Humberto Delgado y Arajaryr Campos. La ejecución extrajudicial del contrabandista tan solo mereció una frase en el sumario de Humberto Delgado; ha sido el testimonio de su hija Joaquina, a la que visité en su casa de Higuera de Vargas, el que ha permitido reconstruir un suceso que había sido borrado por completo de cualquier relato sobre aquellos años. La realidad alimenta la ficción. Pero a veces también la ficción permite acercarse a zonas sombrías de la realidad.

Las jaurías le debe mucho al emocionante testimonio de Joaquina Botello, a quien va dedicado el libro.

Muchas otras voces y colaboraciones lo han hecho posible. La de Felipe Cabezas Granado, extremeño comprometido desde hace muchos años con la recuperación de la memoria histórica; la de Manolo Cáceres, que me permitió acceder a algunas imágenes, duras pero necesarias, del que durante demasiado tiempo fue aludido como «el hombre del Guadiana»; la de Antonia y otros vecinos del

204

barrio de Gurugú (Badajoz), de Olivenza, de Villanueva del Fresno y de Oliva de la Frontera, que lo enriquecieron con sus aportaciones.

La documentación que sostiene la base histórica de la novela incluye documentos facilitados por la Dirección General de Seguridad, comunicaciones con el sello de «Reservado» que figuran en el Archivo General de la Administración (AGA), así como el sumario completo del proceso penal español del caso Humberto Delgado, trabajo monumental recopilado por el profesor Juan Carlos Jiménez Redondo, historiador con el que también tuve ocasión de hablar y que conoce al detalle las relaciones entre Franco y Salazar. A todo ello, hay que sumar la valiosa información obtenida de la lectura de «El contrabando», excelente trabajo realizado por los historiadores Ana María Cabezudo Rodas y José Luis Gutiérrez Casalá, igual que del libro de Eusebio Medina *Contrabando en La Raya de Portugal*. 205

Las jaurías pretende ofrecer un relato histórico, en clave de novela negra, sobre un lugar y un momento muy precisos de nuestro pasado: esos tres meses, febrero, marzo y abril de 1965, en los que coincidieron cuatro asesinatos en esa región fascinante de La Raya, que con sus secretos, intercambios, afinidades y conflictos, une y separa los dos países ibéricos.

Este libro utiliza el tipo Aldus, que toma su nombre
del vanguardista impresor del Renacimiento
italiano, Aldus Manutius. Hermann Zapf
diseñó el tipo Aldus para la imprenta
Stempel en 1954, como una réplica
más ligera y elegante del
popular tipo
Palatino

Las jaurías
se acabó de imprimir
un día de otoño de 2020,
en los talleres gráficos de Egedsa
Roís de Corella 12-16, nave 1
Sabadell (Barcelona)